JN040130

夜《よ》露《つゆ》がたり

砂原浩太朗

新潮社

夜露がたり
目次

夜露がたり

帰ってきた

一

戻るなり畳に仕事道具を放りだした善十《ぜんじゅう》の顔が、おどろくほど蒼ざめている。細工ものをしくじり親方に叱られたというたぐいの話だったら知らんふりをするつもりだったが、どうも違うようだと思った。おみのは道具を片づけながら、自分でも投げやりとわかる調子でことばをかける。

「なんだい、辛気《しんき》くさい顔して」

かるく問うつもりだったが、どこか咎《とが》めるような口ぶりになった。日ごろ溜まったものが零《こぼ》れ落ちたのかもしれない。

その空気が伝わったらしく、善十がおどおどした眼差しを向けてくる。凹凸のすくない面《おもて》をあげ、小太りの体をぶるっと震わせた。

「帰り道で呼びとめられて――」

籠もりがちな口調に苛立ち、だれにさ、と声をあげそうになって、かろうじて抑える。善十の話がまどろこしいのはいつものことで、それを責めるとさらに口が重くなり、物ごとが進まなくなるのだった。こんなのろまがよく簪《かんざし》なんか作れる、と思うが、やはり錺《かざり》職としては味噌っかすで、いまだ一本立ちさせてもらえる気配もない。

上がり口の土間に差しこむ夕日が、くたびれた履き物を照らし出している。ふた組だけの足駄はどちらも鼻緒が擦り切れかけていて、赤々とした光にあぶられると、ひときわみすぼらしさが目についた。家のなかには噎《む》せかえるような暑熱がこもっているが、日ざしの傾きからして暮れどきも近いのだろう。そろそろ店に出る支度をしなければならない。仔細を聞きだすのはあきらめ立ち上がろうとしたとき、善十がぽつりと洩らした。

「帰ってきたらしいんだ」

「え?」

「……その、兄きが」

骨を嚙まれたような感覚が総身に走り、中腰のまま立ちつくしてしまう。すぐに力が抜け、がさっと音を立てて座りこんだ。

仕事帰りの善十を呼びとめたのは、小間物屋の若主人らしい。家業より遊びに身が入るという手合いだが、ふしぎと善十のことを贔屓《ひいき》にしていて、顔を見れば気さくに声をかけてくるのだった。

「ちょいと小耳に挟んだんだがね」若旦那は前置きもなしに始めたという。おみのも幾度か会ったことがあるが、噂の好きな男で、そうした話を持ち出すときは、鼻の穴がひくひくと動く。今日もそうして仰々しく声をひそめたのだろう。

「どうも帰ってきたらしいんだよ……おや、いやだね、首かしげたりして。あの男のことに決まってるじゃないか」

あの男と言われれば、さすがに善十も分からぬはずはなく、往来の真ん中で棒立ちになった。若旦那は案じるような、どこか面白がるような表情で、あれこれ教えてくれたらしい。

帰ってきたというのは弥吉《やきち》のことである。おみのの夫だった男だが、はっきり別れたわけでもなかった。弥吉がいなくなったあとで、ずるずる善十との暮らしをつづけているに過ぎない。

腕のいい錺職人だった夫が博打にはまっていると気づいたのは、所帯を持って半年も経たぬころだった。呑みに行く、といって出かけたきり、夜がふけても戻らぬことが度重なる。それでいて、ようやく家の戸を叩いたときには酒の匂いなど微塵もなく、どこか荒《すさ》んだ夜気だけをまといつかせているのだった。

もともと男のただよわせる剣呑《けんのん》な気配に惹かれたはずが、いざとなるとかえってそれが恐ろしく、どこへ行っているのかと尋ねることもできない。賭場で因縁をつけられた弥吉が相手に大けがを負わせてしょっぴかれるまでには、たいして刻《とき》もかからなかった。

善十は弥吉のおとうと弟子で、賭場へもなかば無理やりに付き合わされていたらしい。家に連れてくることが何度かあったから、顔と名まえだけは知っていた。もじもじして頼りない男だと思っていたが、弥吉が突然消えたあと、ときどき手土産をもって様子を見にくるようになった。おみのも勘のわるいほうではなかったから、ろくでなしの夫に意趣返しでもする気分でわざとしなだれかかったり、寒いね温めてあげるよなどといって手をにぎったりしているうち、お決まりの仲になる。

弥吉は三宅島に送られたが、定まった刑期がないぶん、とつぜん赦免が出ることもありうる。

ふたりは浅草から大川橋をわたって、八軒町へ引っ越した。用心しすぎかとも思ったが、こうなると危ういところだったというほかない。

善十はつとめ先も変えたが、仲立ちをしてくれたのが、くだんの若旦那である。遊んでいるだけあって、顔も広かった。

あれから三年になるが、かわりばえのしない暮らしに嫌気が差していた。善十はうだつのあがらぬ男で、そのうえ弥吉とちがって、体を合わせても蕩《とろ》けるような感じを覚えることがない。とりあえず食っていくために寝てやっているというつもりである。これじゃ女郎だよと自嘲することさえあった。

「しばらくは、なるべく外へ出ねえほうが……」

善十がもごもご口を動かす。おみのは舌打ちを洩らすと、けわしく眉を寄せながら立ち上がった。善十が怯《おび》えたようすで下を向く。振りむきもせず足駄をつっかけると、叩きつけるようにいった。

「半人前の稼ぎじゃ食ってけないんだから、仕方ないだろ。あたしを縛っておきたきゃ、早いとこ一本立ちしなよ」

二

徳利を卓にはこんでいくと、不精ひげの中年男がすかさず手を握りしめてくる。男の指さきは爪の奥まで黒ずんでいた。怖気《おぞけ》をふるうほど初心《うぶ》ではないが、肚《はら》の奥でゆらりと立ちのぼる苛立ちには、いつまで経っても慣れることがない。おみのは男の手をはらうと、

「ただで触るんじゃないよ」

邪慳《じゃけん》に言い捨てて踵《きびす》をかえす。卓のほうでどっと笑声が湧いた。

安いだけが取り柄の小汚い居酒屋だった。二日にいちど注文取りや酒をはこぶ手伝いに入っているものの、給金はあきれるほど少ない。そのぶん、こちらも仕事はいいかげんになるが、それで文句も言われなかった。板前と店主をかねた親爺はもう六十をすぎていて、妙なちょっかいも出してこないから、そこだけは居心地のいいところである。

色をひさぐ店ではないが、気に入った客の何人かとは寝たこともあった。おみのとしては、そのうちの誰かに拾ってもらえばいいというつもりだったが、男たちは幾度か寝ると気がすむらしく、家へ来いだの所帯を持とうだのという相手はあらわれていない。

板場にもどると、親爺が突きだしの小皿を渡して奥の卓を顎でしめす。頭を剃り上げた四十前後の大男が、ひとりで座っていた。

こわもての客はめずらしくないから、とくに怯《ひる》むこともなく皿をはこんでゆく。ことと音をさせて卓に置いた。男の顔がゆっくりと上がる。

――えっ。

身をすくめたのは、相手の風貌に覚えがあったからではない。顎の張ったいかつい顔立ちは、はじめて目にするものだった。

おみのは、男の瞳に何かをたしかめるごとき光を見たのである。それは疑いなく自分へ向けられたもので、強いてことばにするなら、

――この女か。

とでもいった心もちと感じられた。男はすぐに目を逸らしたが、奥まった瞳から放たれる視線のするどさが、軀《からだ》の芯に射抜かれたような感触を残している。むろん、堅気《かたぎ》とは思われなかった。男はなにかするでもなく、半刻ばかりひとりで呑んでいた。おみのはそのあいだ上の空で、なんども注文を聞き違えて客に文句をいわれたが、ふだんから身を入れていない働きぶりのせいか、とくべつ不審は抱かれなかったらしい。

店がひけ、簡単な掃除を終えて外に出ると、澱《よど》んだ夜気が首すじにまとわりついてきた。掘割が近いせいか、重くしめった匂いが鼻を突く。わけもなく溜め息をついて歩きだした。

新月も近いと思わせる光が、天頂から心細げに落ちかかる。店で持たせてくれた提灯のなかで、音を立てて火がくすぶっていた。

おぼつかぬ足どりで家路をたどる酔客たちが、ぽつぽつと見受けられる。おみのは足をはやめて夜の町を通り抜けていった。なまぐさい風が頰をなでて吹きすぎる。

ふいに爪先がとまり、いきおい余って上体が傾《かし》いだ。おもむろに振りかえり、闇に沈んだ軒先を仰ぐ。周囲には人影も見当たらず、猫や梟《ふくろう》の気配すらうかがえない。寺の多いあたりだから、なおさらだった。

――気のせい……。

おのれへ言い聞かせるように、口中でつぶやいた。すこし後ろに、おなじような歩調であるく足音を聞いたと思ったのである。が、いくら耳を澄ましても、それらしき響きは聞き取れない。息をととのえ、ふたたび歩を踏みだした。小走りに近くなっている。まだ家に安酒が残っていたはずだ、帰ったら、いっぱい呑もうと頭のなかで幾度も繰りかえした。

しばらく進んだが、気づけばやはり、自分とはべつの足音が谺《こだま》している。そのたび辺りを見まわしても、それらしい影は目につかず、ただ怖いほどの静寂が押し寄せてくるばかりだった。

何度か立ち止まったあと、おみのは一心に走り出した。と、それにつれて、くだんの足音も速まり、ひたひたという響きが闇の底を這ってくる。喉もとまで悲鳴が込みあげてきたが、かろうじて堪えた。

足首をひねりそうになりながら駆けるうち、全身が汗みずくになっている。息があがり、これ以上、走れそうになかった。

おみのは、ひっという叫びを呑みこんだ。声をあげたつもりだったが、喉の奥に押しこまれたまま出てこない。

あるかなきかの月明かりに照らされ、行く手の四つ辻に影がひとつ立ちはだかっていた。引き返そうとしたが、足もとがふらつき膝をついてしまう。軀がとめどなく震えだし、いうことをきかなかった。足音が近づいて止まり、おみのの肩に手がかけられる。今度こそ叫ぼう、とした瞬間、

「――だいじょうぶかよ」

頭上から降りそそいだ声は、聞きなれたものだった。目をあげると、小太りの面をかしげた善十がこちらの顔を覗きこんでいる。強張《こわば》り切っていた背すじはほどけたが、足に力が入らず、立ち上がれなかった。

「いってえ、どうしたんだ」

怪訝《けげん》そうにつぶやきながら、善十が手を差しのべる。

「そっちこそ」

照れ隠しのように、返す声がぶっきらぼうになった。やはり気になって、途中まで迎えに来たのだという。

「ありがとうね……」

善十の手を取り、どうにか腰を起こしていった。男の掌はひどく汗ばみべたついていたが、ふしぎと嫌な気は起こらない。今夜はひさしぶりに抱かれてもいいと思った。

三

「そいつのことは知らないけど、弥吉とつるんでる男と見て、まず間違いないだろうさ」

小間物屋の若旦那は、天気の話でもするような調子でいった。自慢の結城紬《ゆうきつむぎ》が汚れるとでも思っているのだろう、なんども勧めたが、上がり口の端にちょこんと腰をおろしたまま履き物も脱がず、湯呑みにも口をつけていない。それでいておみのたちを案じているのは本当らしく、細長い目に真剣なかがやきが宿っていた。

弥吉が帰ってきたという話は、むかし善十たちが世話になっていた親方から聞かされたらしい。やはり赦免が出たらしく、島から戻った足で顔を出し、挨拶もそこそこに、おみのの行方を尋ねてきたという。いずれそんなこともあろうかと若旦那がきびしく口止めしていたおかげで事なきを得たが、おみのを探していることは確かと見てよかった。

「兄きはどういうつもりなんですかね」

善十が声に怯えを滲《にじ》ませた。その口調が先夜の出来ごとを呼びさまし、おみのの背すじも小刻みに震えてしまう。男たちにさとられたくなくて、ことさら身を固くした。

あの日以来、店は休んでいる。善十に大見得切ったとおり、おみのも働かなくては生計《たつき》が成り立たぬものの、家を出ようとすると足がすくみ動けなくなってしまうのだった。善十が若旦那に来てもらったのは、くわしい話を聞けばおみのが安心するという腹づもりだったのかもしれないが、かえって恐怖が増してくる。自分でこっそり尋ねてくれればいいのに、と苛立ちがつのったが、気が利かないのは、いつものことだった。

「とりあえず親方のところからは洩れないと思うけどね……なに、しばらくの辛抱さ。昔の女なんて、じき見向きもしなくなるよ」

若旦那は妙なしなをつくって、うふふと笑う。そうなればいいと感じながら、胸の奥でかすかに引っかかるものを覚えていた。なんだろう、と思ったとき、

「ちょいと小腹が空いたねえ」

のんきな声を発して、若旦那が四文銭を何枚か取りだす。善十に向けて拳《こぶし》を差し出すと、鷹揚《おうよう》なしぐさで金を手渡した。

「表通りで饅頭でも買ってきておくれ。お前さんたちの分もね」

へいと応えて善十が長屋を出ていく。こんなときだけは身のこなしも素早かった。

男の足音が遠ざかると、つかのま寒々とした沈黙がおとずれる。じっとりと暑かったはずの大気はどこかへしりぞき、油蟬の啼き声がやけに空々しかった。

若旦那は、ふう、と大きな溜め息を洩らすと、おみのに向き直った。にやけた笑みは消え、はじめて見るような真剣さが眼差しにたたえられている。おみのは、つい面を伏せてしまった。

「――あんた、まだ弥吉に未練があるようだね」

擦り切れた畳を見つめるおみのの耳朶《じだ》に、ひややかな声が突き立ってくる。顔をあげるより早く、よしたがいいよ、と若旦那がつづけた。

「そいつは料簡ちがいってもんだ」

「…………」

料簡うんぬんはよけいなお世話だったが、言い返せなかったのは図星を差されたからだろう。見向きもしなくなる、といわれたとき、かすかにだが悔しいような心もちが疼《うず》いたのだった。

「まあ、たいていの女は弥吉のほうに目がいくだろうけどね」

若旦那は唇の端にいたずらめいた笑みを浮かべながら、つぶやいた。おみのも開き直った体《てい》で首肯《しゅこう》する。弥吉は気風《きっぷ》のよさが際立っていて、女を悦《よろこ》ばせるすべもしぜんと身につけているような男だった。所帯を持てたときは、誇らしささえ感じたものである。賭場のことさえなければと、いまでも思わずにはいられない。

そんな考えを見透かしたかのように、若旦那がかるく鼻を鳴らす。

「だけど、もいちどよく善十を見てみな」

「この三年、いやっていうほど見てますとも」

うんざりとした響きが声に滲み出る。そりゃそうだ、と笑い声をあげたあと、若旦那はふたたび真顔になった。ちらと表のほうへ目をやったのは、まだ善十の気配が近づいてこないことを確かめたのだろう。

「だったら分かってやってもいいんじゃないかね。あんな混じりけのない男はいないよ」

「混じりけ……」

おみのがぼんやり繰りかえすと、若旦那は機嫌のいい顔になって、そうとも、と応えた。

「あたしもだてに遊んでるわけじゃない。これでも、ひとを見る目はあるつもりだ」

「ええ、はい」

生返事をかえしていると、薄い唇からやけにしみじみした声が洩れる。

「男も女もいろんな奴に会ってきたけどね、いちども嘘をつかなかったのは善十だけだよ」

はっとして若旦那の顔を見やると、糸瓜《へちま》のような面ざしがやさしげにゆるんでいる。「だからあたしも忙しいなか、こんなところまで出張ってきてるわけさ」

店はほったらかしてるくせに忙しいもないもんだ、と思ったが、わずかながら胸のなかに溜まった澱《おり》を掘り返された心地になっていた。いつの間にか、善十の出ていった戸口を見るともなく見つめている。

「それにしても、菓子ひとつ買うのにずいぶん手間取るもんだねえ」

若旦那があきれたようにいった。おみのもつられて、すこし蓮《はす》っ葉《ぱ》な調子で笑声をこぼす。

「ほんと愚図なんですから」

言いおえぬうち、がらりと音をたてて戸がひらく。善十が恐縮したように首をちぢめて、立ちつくしていた。

「饅頭がなくて……」

途方に暮れた体でいくども頭を下げる。隣町までさがしにいったものの、やはり見つからなかったという。

「干菓子でよければ、もいちど買いに行きますんで……」

若旦那が大げさなほど声をあげて笑った。そうしながら、ね、とでもいうふうに、こちらへ目くばせを送ってくる。苦い顔でうなずきながら、おみのもいつしか唇《くち》もとをゆるめていた。

四

つよい日ざしが、障子戸を通ってひび割れた土間に降りそそいでいる。善十がこちらへ向きなおり、

「なるべく早く帰《けえ》るから……」

あいかわらず籠もりがちな声で告げた。おみのはことさら威勢のいい口調でこたえる。

「あたしのことなら気にしなくていいから、しっかり稼いでおいで」

安堵したというふうに顔をほころばせ、善十がおもてへ出ていった。ひといき吐《つ》いて家のなかを見まわす。もともと古ぼけた長屋の一軒だが、梅雨のあいだにあちこち黴《かび》がはえ、よけい見すぼらしいありさまとなっていた。

――たまには掃除でもしようかね。

叩《はた》きを探すと、部屋のすみで箒《ほうき》といっしょに埃をかぶっている。こっちをきれいにするほうが先だ、と苦笑が滲み出た。埃を払い落とし、高いところへ手を伸ばして蜘蛛の巣に叩きをかける。しばらくそうしていたが、首を上げているのにつかれて眼差しを落とした。そのとき、枕屏風《びょうぶ》の陰に色褪せた布包みが置いてあることに気づく。善十に持たせてやったはずの弁当だった。

――めずらしく、こしらえてやったのに。

舌打ちしたが、届けに行くのはためらわれた。当分のあいだ、なるべく外に出ないよう決めたばかりだったのである。

居酒屋のほうへは善十に出向いてもらい、具合がわるいのでしばらく休むと伝えてあった。何かいわれたか尋ねると、いつものことながら目を伏せ、

「ゆっくり養生しろって」

ぼそぼそと応える。あの親爺がそんな気の利いたことを口にするはずはなかった。もう来なく

ていい、といわれたに違いない。

がっかりした心もちはあったし、暮らしのこともやはり心配だったが、それほど気がふさいでいないのは自分でもふしぎだった。

——なに、天気がいいせいさね。

内心でうそぶきながら掃除をつづける。弁当は晩飯に食べさせようと思った。夏場ではあるが、善十なら少しくらい傷んでいてもだいじょうぶだろう、と自分に言い聞かせる。

汚れは取りきれなかったが、積もった埃が消え、散らかっていたものを片づけただけで、うらぶれた家がいくらか明るくなった気がする。しぼった手ぬぐいで首すじの汗を拭くと、ひやりとした感触が心地よかった。

土間のほうを見やると、差しこむ日ざしが猛々しいまでにするどさを増していた。そのまま視線をずらすと、片づいた部屋のすみに、弁当包みがぽつんと取り残されている。おみのは一つ大きな息をつくと、包みを手にして足駄をつっかけた。

戸をあけると白く灼《や》けた光が流れ込んでくる。眼前の景色が色をうしない、つかのま眩《くら》むような心地をおぼえた。

年配のおかみさんたちが、どぶ板の上に寄り集まって世間話に興じている。おみのは申しわけ程度の礼を残し、足早に駆けていった。

いま世話になっている親方の仕事場は、大川と反対の方角に向かってしばらく歩いた横川町にある。善十のつとめ先になど興味はなかったから、ほとんど行ったこともないが、迷うほどの距離ではないはずだった。

こんなもの届けに来たら、さぞびっくりするだろうと思った。朋輩たちにひやかされ、面映《おもはゆ》げにうつむく男の顔が目に浮かぶ。すこしだけ唇もとがほころんだ。

熱気のこもる町を歩いていると、いちど引いたはずの汗がすぐに吹きだしてくる。古びた軒下に大きな巣がのぞき、すぐそばを燕が飛びかっていた。黒と白の影が、濃く青い空を渡ってゆく。

おみのは、ふいに身をすくめた。三間ほどむこうで通りを横切る男の顔が目に飛びこんできたのである。

——あいつだ。

居酒屋にあらわれ、たしかめるような視線でこちらを眺めていった大男である。剃り上げた頭が遠くからでも目にとまった。素性など知るよしもないが、見つかればどのような成りゆきに巻きこまれるか分からない。

いそいで引き返そうとしたおみのの足が凍りつく。寺の門前にたたずんでいたもう一つの影が大男に近づき、すれ違いざま何か手渡したのだった。おそらく金だろうと思ったが、おみのが動けなくなったのは、そのしぐさを目にしたせいではない。

大男に金らしきものを渡したのは、三年ぶりに見る弥吉だった。遠目であっても見まがうはずはない。姿勢よくのびた長身と浅黒い肌が、夏の光のなかへ浮かび上がっていた。

胸の奥が絞めつけられるような心もちに見舞われたが、じき我にかえる。金を受け取った大男は、にやりと笑っただけで、ことばを交わす気配もなく通りの向こうへ消えていった。頼まれたことは果たした、というふうに見える。

――やっぱり、あたしを探してるんだ……。

このあたりをうろついているとすれば、弥吉はおみのと善十の暮らしぶりをつかみかけていることになる。あるいは、先に善十を締めあげるつもりかもしれなかった。

――知らせなきゃ。

と思ったが、足が動こうとしない。すぐそばにあった経師屋《きょうじや》の軒先へ身を寄せ、忙しなく息を吸った。自分でも分かるほど、はげしい動悸が打っている。軀のおもてはたまらなく熱いのに、あたまの芯がぞっとするくらい冷えていた。

――なるべく早く帰るから。

案じ顔でささやく善十の声が耳の奥で鳴り響いた。目鼻の小さいのっぺりした顔が、ひどく懐かしいものに思える。われしらず、奥歯を嚙みしめた。

気づいたときには、町の奥へ向かって走り出している。弥吉が来るまえに、先まわりして親方のところへ駆けこむつもりだった。

おぼろな記憶をたよりに裏道を抜けてゆく。棒手振《ぼてふ》りの男が、おみのの勢いにおどろき足をとめた。ごめんよ、とつぶやいたつもりだったが、息が切れて声にならない。

このあたりだと見当をつけて角を曲がった。通り一本はさんで菓子屋の隣だったような覚えがある。

おみのは、ほっと息をこぼした。行く手にのぞく商家の門口で、小僧が気だるげに水を撒《ま》いている。はっきり見えたわけではないが、まとっている前掛けに菓子屋の屋号が染め抜かれているようだった。その向こうに見える小体《こてい》な一軒が親方の仕事場だろう。このまま駆けこめば、うまく善十を逃がすことができるかもしれない。もっと早く、と腿のあたりに力をこめた。

——えっ。

にわかに足がすくむ。菓子屋の斜向《はすむ》かいに覚えのある横顔が覗いていた。今しがた見かけたばかりの弥吉に違いない。踏みこむまえに、まずは様子を確かめに来たものらしい。

頭のなかが白く炙《あぶ》られたようになる。善十に教えなきゃ、と思いながら、軀がひとりでに向きをかえてしまった。震える手から弁当包みがこぼれ落ちたが、拾っているゆとりなどない。

刺すほどにつよい陽光が、おみのの首すじに照りつける。駆け通すあいだ、その痛みは強まるいっぽうだった。

五

夏の日はすでに落ちていたが、まだ蒸したような熱気があたりに残っている。それでいて、おみのは震えのとまらぬ軀を持て余していた。

大川橋のたもと近くにある小さな寺の境内《けいだい》だった。おみのは、人目を避けるようにして石灯籠の陰へうずくまっている。

昼間、弥吉に出くわしてから、家には帰っていない。追い立てられるような思いであちこちさ迷ったあげく、とうとう歩けなくなってこの寺に入ったのだった。

しゃがみこんだまま、膝がしらを握りしめる。白い月明かりに浮かんだ縞《しま》の小袖は大げさなほど揺れつづけていた。

――似合わないことするから、このざまだよ。

弁当なんて持っていくんじゃなかったと、やる方ない思いが胸の奥に満ちたが、自嘲めいた笑みを浮かべることもできない。唇を持ち上げるのさえ、意のままにならなかったのである。

風に乗って川面のたゆたう音が聞こえてくる。日ごろ耳なれた響きだったが、

――大川に投げ込まれるかもしれない。

いまは不吉な想像をさそわれ、奥歯と奥歯が勝手にぶつかりあった。

あの後、弥吉は仕事場に乗りこんでいったのだろうか。善十も替えのきかない腕利きではないから、騒ぎをおこせば馘《くび》になることもあり得る。八方ふさがりというやつだが、暮らし向きを案じるまえに、ふたりとも五体満足でいられるかどうかがおぼつかない。

弥吉は喧嘩っぱやい男だったから、賭場で相手を半殺しにしたと聞いたときも、おどろきはしなかった。黒く塗りこめられたような絶望感で胸がふさがっただけである。自分の留守中、女房と弟分が手を取り合い逐電したと聞いたら、なにをするか分からない。

気味のわるい汗が額から頬を濡らした。鎮めようとしても、ますます息が荒くなる。おみのは貝にでも籠もるかのごとく軀をちぢめた。耳の奥でしきりに梟の啼き声が谺する。

次の瞬間、にわかに背すじが跳ねた。

いそぎ足で境内に飛びこんでくる人影がある。石灯籠へ貼りつくようにして目を凝らしたが、参道沿いに植えられた松の陰になって顔は見えなかった。息を詰めているうち、のめりがちな足音がこちらへ近づいてくる。手にした提灯の明かりをうけ、相手の面ざしが夜闇へ滲むごとくかたちを結んだ。

おみのは灯籠のうしろから飛び出すと、物もいわず善十にしがみついた。男はしんそこ驚いたらしく、わっと大きな声をあげて、のけぞりそうになる。おみのは、いっそう強く男の手を握りしめた。

「……ぶじだったんだね」

息せき切って告げると、善十が呆けたような面もちでこたえる。

「それは、こっちのいうことだぜ。家に帰ったら真っ暗だし、近所で聞いたら、昼ごろ出かけたきりだっていうし」

胆《きも》がちぢんだよ、と気弱げな笑みを洩らした。いつもと変わらぬのっぺりした顔に、痣《あざ》や傷といったものは見当たらない。わずかに安堵したものの、おみのは迫るように畳みかけた。

「はやく逃げないと」

「――そうはいかねえ」

言いおえぬうち、べつの声がかぶさった。悲鳴を呑んで振りかえると、夜を掻き分けるようにして長身の影がひとつ近づいてくる。灯火は持っていなかったが、声だけでだれか分かっていた。おぼろな月明かりに浮かぶ輪郭が、待つほどもなく、はっきりした形をとる。

「忘れもんだぜ」

弥吉が忌々《いまいま》しげな声を発しながら、なにか放り投げてくる。おみのの足もとで音をたてて布包みが開き、麦飯や佃煮が石畳に散らばった。善十がおびえたように後じさりする。

「お前さん——」

慣れた呼び方が、しぜんと口をついて出た。弥吉が苦い笑みをのぼせる。

「まだ、そう呼んでくれんのか」

はっとなって唇をつぐんだ。この三年間、善十には、ねえ、とか、ちょいと、としか声をかけてこなかった気がする。少しへだたりが縮まったと思えるこの数日でも、それはかわらなかった。かたわらを見やると、当の善十が蒼ざめた顔を月光にさらしている。もともとことばの出にくい男だが、いまも唇をぶるぶる震わせるだけで一言も発することができないらしかった。弥吉が歩を進めたのへ合わせるように、ようやくしゃがれた声をしぼりだす。

「あにき……」

弥吉は、ちっと言って唾を吐いた。

「どの面さげての兄き呼ばわり」

「待っとくれ」

おみのは善十をかばうように一歩踏み出した。弥吉が濃い眉をゆがめて声を荒らげる。

「いや、待てねえな」

「そんな——」

「待てねえといったら待てねえんだ」

言い捨てて、激しくかぶりを振る。ぎらぎらと燃える目を虚空に向け、重い声を叩きつけてきた。

「おめえの後ろに隠れてる、ぐずでのろまな善十が、おれをはめやがったのよ」

六

するどい痛みが耳の奥から頭の芯へと駆けあがってゆく。善十のほうを振りかえろうとしたが、首が膠《にかわ》でかためられたように動かなかった。男の息づかいが背後で荒さを増してゆくことだけを感じている。

立ち竦《すく》むおみのをどこか満足げな眼差しで捉えながら、弥吉が語を継いだ。

「島でいっしょになった男が、あの賭場の中盆《なかぼん》だった奴でな」

いかさまだと因縁をつけてきた男は善十の知り人で、喧嘩っぱやい弥吉に騒ぎを起こさせるよう頼まれたのだという。ひと月ほど喰らいこめばいい、という話だったが、相手が大けがを負ってしまったため、島送りとなった。

中盆というのがあの大男で、しばらく経ってから別のいざこざでしょっ引かれて島にやって来た。半殺しの目に遭った相手は、そのころ性懲《しょうこ》りもなく賭場へ出入りしていて、苦笑まじりにいきさつを洩らしたらしい。

いっせいに赦免が出たため、弥吉は大男とおなじ船で島から戻ってきた。そのまま、なけなしの銭をつかませて、おみのと善十の行方を探っていたという。

おみのの店を突き止めたまではよかったが、跡をつけるのにしくじり、住まいは分からなかった。あのあと店主にしつこく食い下がったものの、意外と骨のある老爺《ろうや》で口は割らなかったらしい。手をかえてようやく今日、善十のつとめ先に辿りつき、帰りを待ち伏せ、ここまで追ってきたのだった。

弥吉は、おみのの背後にけわしい眼差しを放ち、吠えるような声を浴びせた。

「この野郎、手のこんだことしやがって」

「……なんだってそんなこと」

「お前が欲しいからに決まってるだろうが――」

吐き捨てる声に縛《いまし》めを解かれたかのごとく、ようやく首から上が動いて、かたわらを振りかえる。

うつむいた善十の横顔は、ひどく溟《くら》い影に覆われていた。どす黒く塗られた面ざしのなかでゆっくりと唇が動き、捩《ねじ》れたふうなかたちをつくる。そこに浮かんだのは、蜥蜴《とかげ》か守宮《やもり》が笑ったらこうかと思えるような表情で、おみのがはじめて見るものだった。

背すじに冷たいものが突き立った、と感じるまえに、われしらず走り出している。おいっと叫ぶ声を背後に浴びながら、夢中で駆けつづけた。走れなくなりうずくまったのは大川橋の上で、肩を落として息を切らせている。

鬢《びん》のあたりから汗のしずくが落ち、橋板に吸いこまれていった。昼間は大勢のひとが行き交うあたりだが、遅い時刻のせいか、ほかに人影は見当たらない。息をしずめながら面をめぐらせたが、彼方の闇に吉原らしき灯がにじんでいるほかは、とぼしい明かりがちらほら目につくばかりだった。

にわかに荒々しい息づかいを浴びた、と思った途端、つよい力に抱えこまれ、欄干《らんかん》へ押しつけられる。首すじへ何かが当たると同時に、肌を引き裂かれるような痛みをおぼえた。

「放しゃしねえ」

しゃがれた響きは善十のものだった。声まではじめて聞くように感じる。「おれと来るんだ。これからもずっと」

男が息を吐くたび手もとが揺れ、首のあたりにするどいものが走る。軀がこわばり目も向けられないが、簪の先を押し当てているらしかった。生暖かい息が耳朶にかかり、背骨の奥で何百もの虫がうごめくような感覚に見舞われる。

——若旦那のやつ……。

なにが、ひとを見る目はあるだ、と毒づきたかった。これだから遊び人なんて頼りにならないんだよ、と白くなってゆく頭の隅で繰りかえし叫んでいる。混じりけのない男と若旦那はいったが、いま善十の総身から匂い立つのは、混じりけのない妄念というべきだった。

「汚ねえ手を離しやがれっ」

叫びながら弥吉が追いすがり、三間ほどのへだたりを置いて向かい合う。肩を波打たせ、荒い息を洩らしていた。善十がへっと笑い、もう一度おみのの胸元を欄干に押しつける。その拍子に首すじの皮がやぶれ、つっと血が滴り落ちた。震えたら刺さっちまう、と思いながらも軀の揺らぎが止められない。絶え間ない痛みが首すじを襲いつづけた。

「――お前さんって呼べよ」

善十が耳もとへ唇を寄せてささやく。

「えっ」

裏返った声を発すると、

「おれのことも、お前さんって呼べよっ」

子どもが泣くような叫びをあげた。なにか言い返そうとするほど、ことばが喉の奥へ下りてゆく。弥吉もなすすべがないらしく、棒立ちとなっていた。

「お……」

とにかく言われたとおり呼ぼうとしたが、声が途切れてつづかない。善十が苛立たしげに軀を揺すった。

「お前さん、だよ。言えねえのか、おれみたいな薄のろには言えねえのかよっ」

おもわず悲鳴を洩らすと、身悶えしながら足を踏みならしてくる。「どいつもこいつも、痴《こけ》にしやがって――」

善十がぐいと簪を押しつけ、目のまえが暗くなる。瞼《まぶた》はたしかに開いていたが、眼下に映る川面はただの闇にしか見えなかった。

「よさねえかっ」

弥吉がようやく一歩踏みだし、威嚇するように言い放つ。善十はびくっと身をすくめたものの、

「兄きにゃ渡さねえ」

ことさら甲高い声を張り上げる。その叫びは、どこか遠いところで響いていた。もうだめだ、という言葉だけを喉の奥で繰りかえす。

善十が哭《な》きながら喚《わめ》いた。

「こ、こいつはおれのもんだ」

その瞬間、下腹の奥で灼けるような熱がはしった。

「ちがうっ」気づいたときには、自分のものとも思えぬ声がほとばしっている。「あたしはあたしのもんだっ」

つかのま虚を衝《つ》かれた善十の懐にすかさず弥吉が飛びこみ、顎へ拳を叩きこんだ。わずかにおみのの首すじを抉《えぐ》った簪が、音を立てて橋のおもてに転がり落ちる。弥吉の足が、すばやくそれを川のほうへ払った。月明かりにきらめく銀の糸が、弧をえがいて闇の奥に落ちてゆく。水音は聞こえなかった。

体じゅうの力が抜け落ち、腰をつく。泣き叫ぶような声に顔をあげると、弥吉が善十の胸倉をつかんで拳を振りあげていた。とっさに止めようとしたが、それより前に、うひぇっという叫びをあげて善十が身をもみ、弥吉の手を振りほどく。そのまま欄干にへばりつき、おびえた猿のような眼差しでぴくぴくと全身を震わせた。

「やめてくれ、やめてくれよう」

駄々をこねる童《わらべ》のごとき口調だった。弥吉が頬をゆがめ、舌打ちを洩らす。

「それは、こっちの科白《せりふ》だろうが――」

荒々しく一歩踏み出した途端、

「もう殴らないでくれようっ」

はっきりと涙まじりの声をあげて、善十が欄干から身を躍らせる。あっ、と声を立てる間もなかった。おみのが身を乗りだし、川面を覗きこんだときは、すでに重く沈んだ音が響いている。

ふかく涙い流れには乱れらしきものすら窺えなかった。

呆然と立ちつくしていると、ふいに肩へ重いものを感じる。振りかえると、弥吉の厚い掌が置かれていた。精悍な面ざしに混み入った表情をたたえている。

「災難だったな」

「…………」

「ひとが来ねえうちに行くぞ」

弥吉の手に力が籠もった。いきなりにやりと笑うと、指さきを胸元へ滑りこませようとする。

おみのは身をよじって振り払い、思いきり男の頬を張った。目を丸くした弥吉は、すぐに向きなおると、

「あの薄のろから助けてやったのは、誰だと思ってやがる」

声を低めてすごんだ。おみのは相手の目を見据え、叩きつけるように言い放つ。

「その薄のろに、手もなく乗せられたのは、どこのどいつだよ」

弥吉は、うっと呻《うめ》いてことばを失った。おみのは踵を返しながら語を継ぐ。

「あんたも、おれのもんだって言いたかったんだろ」

「……いけねえのかよ」

口ごもりがちな男の声を背に受け、ふたたび溟い川面へ目をやる。あるかなきかの漣《さざなみ》が、しろい光をあびてたゆたっていた。この黒い水がそのまま軀の奥へ流れ込んでくるように感じる。善十が憎いのかどうか自分でも分からなかったが、生きていてくれればと思ったのも本当だった。

「でも、ありがとう」

おみのは弥吉へ向き直ると、一度だけゆっくりとこうべを下げた。おもむろに身を起こすと、男から離れて歩きだす。おい、という声が追いすがってきたが、振りかえる気はなかった。駄目を承知で、老爺の居酒屋へ行ってみるつもりでいる。

苛立ちと、少しだけの爽快さが身を浸していた。

「――どいつもこいつも、こけにしやがって」

胸の深いところから、つぶやきが洩れる。善十も同じことを言っていたな、とすぐに気づいた。

向こうがわ

一

拳《こぶし》が来た、と思うより先に軀《からだ》が動いている。幹太《かんた》はすばやく一撃をよけると、目の前の腹に右足を蹴り込んだ。相手は空振りした上体を傾《かし》がせ、吠えるような声をあげながら橋板に転がる。しばらくは起き上がれないと分かっているから、打ち捨てて、かたわらで立ち竦《すく》む男のにきび面に肘を叩きつけた。相手の数が多いと、そうそう拳ばかり使ってもいられない。

まわりでは、同じようなぶつかり合いがいくつも起こっている。両国橋の上には叫喚と怒号が渦を巻き、大川に落ちた奴さえ何人かいるようだった。通りすがりの者はたいてい逃げ出したが、どうしても橋を渡りたいのか、ただの野次馬なのか、遠巻きにして様子をうかがう影がいくつか残っている。

何人かへだてた先に進次郎《しんじろう》の顔を見出し、橋板を蹴った。相手はちょうど、ひとり殴り倒したところらしい。迫ってくる幹太をみとめ、整った面ざしが、いまいましげに歪んだ。そのまま、吐き捨てるように言い放つ。

「いちいち突っかかりやがって、目ざわりなんだよ」

「それは、おまえらだろうがっ」

進次郎の手下《てか》を押しのけて駆ける。いくつも拳が飛んできたが、疾走している幹太には、まともに当たらなかった。勢いのまま躍りかかり、右手を振りかぶる。

が、拳を打ち込むよりはやく、進次郎の爪先が流れるように動いて、幹太の足を払った。気づいたときには左肩のあたりを橋板に打ちつけ、脳天にまで衝撃が走っている。立ち上がる前に胸元を踏まれ、ぐっ、と声をあげた。ほっそりした軀つきに似合わぬ重さが押しつけられ、息がとまりそうになる。

冷たい汗が背中いちめんに吹きだしてくる。おさない少女の面影がつかのま瞼の裏側をよぎったかと思うと、川面に漂うあぶくのように消えていった。

——やられる。

唇を嚙んだ瞬間、伸《の》しかかっていたものが、ふいに軽くなる。いそいで身を起こすと、胸をおさえて咳きこんだ。長身の影はすでに背を見せ、橋むこうへ歩を進めている。

「おい——」

狼狽と困惑のまじった声で呼びかけると、

「暑いから帰る」

振り向きもせずに返してくる。手下たちも戸惑ったようすで顔を見合わせたが、進次郎は足を止める気配もない。みな諦めたらしく、そのまま跡を追った。倒れていた連中も三々五々起き上がり、橋を渡って広小路のほうへ戻ってゆく。

幹太は欄干に背をもたせ、軀を押し上げるようにして立ち上がった。進次郎のいう通り、身のうちまで灼《や》きつくすような暑熱が頭上から降りかかっている。目の前の連中を倒すことに気を取られ、日ざしの勁《つよ》さはいつの間にか忘れていたらしい。

なにごともなかったように人通りが戻り、かたわらを行きすぎる。こちらの身内も思い思いにあつまり、さぐるような顔で幹太を見つめていた。どこか白けた空気が橋の上からこぼれ、川面に落ちてゆく。昼下がりの流れはまばゆいまでの銀色にきらめき、目を開けていられないほどだった。

二

相生町《あいおいちょう》の長屋へもどると、井戸のところにおかみさんたちが集《つど》って菜を洗っていた。いちように眉をひそめて、こちらをうかがってくる。目立つところによほど派手な傷でも負っているのだろうが、それはいつものことだった。

頬や唇のあたりが腫れ、熱を帯びている。はやく家に入りたかったが、ことさら大股になって井戸へ近づいていった。おかみさんたちが顔を強張らせて道を開ける。

幹太は釣瓶《つるべ》で水を汲《く》み、わざと飛沫《しぶき》をあげて顔を洗った。袖で乱暴にぬぐうと、布地に触れたところが引き攣《つ》れるように痛む。そのまま、無造作に踵《きびす》をかえした。

女たちはひとことも発しなかったが、じぶんの背を凝視しているのは分かっていた。家の前まで来たところで、駆け寄ってきた影がある。目を向けると、幹太より頭ふたつは小さい少年が、案じ顔でこちらを見上げていた。

三軒さきに住む童《わらべ》で、千吉《せんきち》という名である。まだ十歳だからいっしょに暴れたりはしていないが、なにかというとまとわりついてくるのだった。薄汚れた面ざしのなかで、瞳だけがきらきらと光っている。いくぶん口ごもりながら、ささやきかけてきた。

「……男のひとが来てた、昼間」

「え？――」

おぼえず首をかしげると、惑うような色が少年の面をかすめる。伝えたものかどうか、ためらいがあったらしい。井戸のそばでは相変わらず、おかみさんたちが興味津々といった体でこちらを見やっていた。おそらく、そのことを噂しているのだろう。

「ありがとな」

とだけ返すと、千吉は安堵したふうな笑みを浮かべて立ち去っていく。見送って家のなかに入るや、見澄ましたように井戸のあたりが騒がしくなった。

四畳半一間だけの室内に、息苦しいほどの熱気が籠もっている。そのなかに、どこか垢じみた匂いがただよっていた。

布団から顔だけ出した母が、かすれ声で、おかえりといった。うんと応えて甕《かめ》から柄杓《ひしやく》を取り、足を濯《すす》ぐ。井戸のところで洗ってくれればよかったなと思った。千吉から聞いた話が脳裡をよぎったが、口にするつもりは端《はな》からない。黙って上がり口に腰を下ろした。

母のおしのとともに両国橋を渡り、本所へ越してきたのは、七年ほど前のことだった。大工だった父が急な病で亡くなり、その両親を頼ったのである。幹太はまだ十歳だったが、あの折の寄る辺なさは、いまでもはっきりと胸奥に残っている。広小路にもほど近いにぎやかな町からの引っ越しは、子ども心にもうら寂しいものだった。かわいがってくれた祖父母も三年ほどで相次いではかなくなったから、なおさらだろう。近所の悪童たちをあつめて一端《いっぱし》の親分を気取りだしたのは、そのあとだった。

母が病気がちになったのは、去年の末ごろである。指物師の親方に弟子入りしていた幹太は、奉公を中断して家にもどってこなければならなかった。母から団扇《うちわ》貼りの内職を引き継ぎ、今のところどうにか食べているが、ほんの少しはあった貯えも底を突きはじめている。先行きに明るいものが見えなかった。

進次郎は桶屋の倅《せがれ》で、越してから行き来は絶えていたものの、広小路がわにいたころの幼なじみだった。色白のおとなしい奴だと思っていたが、似たような立場となって再会したのは皮肉というほかない。

一昨年のことだが、わざわざ本所まで出張って長屋の娘たちにちょっかいを出した男がいた。有無をいわせず袋叩きにしたところ、それが進次郎の身内だったことから話がこじれる。当の男は向こうでも爪弾《つまはじ》きになったらしいが、いちど生まれた敵意はかんたんに消えなかった。いまでは両国橋をはさんで、喧嘩のための喧嘩を繰りかえしている。そこに華やかな川向こうへの妬みが横たわっていることは誰もが感じていたが、口にするものはなかった。あちらはあちらで、本所などから嘗《な》められるわけにはいかないと思っているのだろう。

「――腹、減ってないか」

声を高めて言ったが、おしのは黙って首を振るだけだった。案じるような眼差しを向けてくるのは、やはりあちこちに負った傷が気になっているらしい。が、どうしたのかと聞いてくることはしない。遠慮しているというのではなく、尋ねる気力が失せているに違いなかった。

頬の肉ははっきりと落ちていたが、それでいて、唇に少しばかり紅を差している。家を出るとき、つけていた覚えはなかった。

母の横顔を見やり、喉の奥で溜め息を噛み殺す。怒りめいた感情がせりあがってくるのを覚えたが、何に向けたものかは自分でも分からない。いつの間にか、もう一度立ち上がっていた。おしのが、どこか畏《おそ》れるような表情をたたえて、こちらをうかがっている。幹太は母を見下ろしながら、ことさら快活めかした口調でいった。

「用事を忘れてたんだ、もういっぺん出かけてくるよ」

三

斜めから降りそそぐ日が、大川の水面を照らし出している。黄金色のさざ波が糸のようにつらなり、ゆったりと流れていった。夏の日も少しずつ暮れ方に向かっているが、両国橋を行き交う人影はいまだ多く、誰もがせわしげに足をすすめている。息詰まるような暑熱も消えてはいなかった。

幹太は袂《たもと》からわずかばかり南へ下がったところに腰をおろし、橋と川面にかわるがわる視線を遊ばせていた。用事などというのはむろん出まかせで、あの場から逃れたかったにすぎない。数《すう》刻《こく》まえ騒ぎを起こした男がここにいると知ったら、橋を渡っている連中は驚くだろうが、どの顔も気だるげで、自分以外のだれかに関心を持っているようには見えなかった。

子どものころは、向こうがわからこっちを見ていたな、と思った。幹太が住んでいたのは橋を渡って左手に折れた村松町というところで、広小路からもそう遠くはない。遊びつかれると大川のほとりに出て、今日のようにぼんやりと川面を眺めていたのである。そうしたとき一緒にいたのはたいてい進次郎だったが、あとひとり加わることもあった。

眼差しを上げ、対岸を見つめる。百間ちかく離れ、暑さに霞んだ大気をへだてているから、広小路のにぎわいもどこかぼやけ、遠いものでしかない。そのあたりを行き過ぎる影は指先のように小さく、知りびとが通っても気づきはしないほどだった。それでいて、自分もあそこにいたのだという思いが抑えようもなく湧いてくる。

胸の底から吐息がこぼれ出る。川向こうの長屋や、そこに暮らしていた頃のことが止めどなく身の内にあふれた。

気がついたときには、膝をのばして立ち上がっている。自分がなにか考えはじめることを恐れるかのように、いそいで袂の方へ向かった。人ごみにまぎれ、ことさら無造作に橋板を踏む。草履の下で、ぎいと軋《きし》む音が鳴った。

目を伏せたまま、滑るように両国橋を渡ってゆく。走れば百数えるほどの間もないのに、本所へ越して以来、向こう岸を踏んだことはなかった。渡ってたまるかと思ったのかもしれない。熱い風が軀をかすめて吹きすぎていった。

七年ぶりに足を下ろした広小路は、天麩羅《てんぷら》の屋台や葭簀《よしず》張りの茶店がひしめき、見渡すかぎりの人波で埋まっていた。夕どきの湿った大気に、噎《む》せかえるような汗の匂いさえ混じっている。本所側にもこうした店はいくらか並んでいるが、にぎわいようは比べものにならない。顔を見咎《みとが》められたらという懸念もあるものの、これだけ人が多ければ、紛れぬほうがむずかしいだろう。

擦《す》りぬけるようにして広小路を北へ進む。住んでいた長屋は逆の方だと分かっているが、足がそちらに向くのを止められなかった。ほどなく左手にあらわれた通りを足早に辿ってゆく。米問屋や油屋といった大店《おおだな》にはさまれ、傘や筆を商う小さな店が並んでいた。用もないのに、そのうちの一軒を覗きこむ。

店先の筆を手に取ると、あるじらしい老婆が不審げに幹太の顔をうかがった。われながら、筆はいかにも不似合いだったと気づく。なれない愛想笑いを浮かべて、もとの場所にもどした。が、立ち去ることまではせず、何軒か先を肩ごしに見やる。

〈桶　正五郎〉と書かれた看板が、はっきりと目にとまった。進次郎の父がいとなむ店に違いない。じっさい見るのは初めてだが、引っ越す直前におおよその場所は聞かされていた。

――父《ちゃん》が店を持つんだ。

誇らしげに告げられた十日ほどのち、幹太の父はこの世からいなくなった。かけることばも見つからなかったのだろう、あれほどいっしょに遊んでいたのに、そのあと進次郎と話をかわした覚えはない。そのまま七年が経ち、気づけば見ている景色も大きく変わっていた。

——こんなとこに来て、どうしようっていうんだ。

今さらながら、そうした思いが胸を灼く。進次郎とおのれの過ごした歳月を目に見えるかたちで確かめたかったのかもしれないが、そこには何の救いも横たわっていない。避けられる痛みを好んで負った愚かさが、われながら腹立たしかった。

気がつくと、筆屋の老婆が怯《おび》えた面もちで、こちらに視線を這わせている。よほど強張った顔をしているのだろう。

まずいな、と思った。文字通りの危ない橋を渡って、ここまで来た。広小路ほどの人出がないぶん、進次郎やその手下に見つかりやすいともいえる。万一そうなったら、ただで済むはずはない。

——引きあげなきゃ。

足のすくむような恐怖がにわかに伸しかかってくる。あわてて踵をかえそうとした。

が、それより早く、手を取られている。とっさに身が縮んだものの、振りほどく間もなかった。小柄な背が先に立ち、不似合いなほど強い力で幹太を引っ張っていく。

摑まれた手首が、疼《うず》くような熱を帯びる。目のまえで足を速める後ろ姿が誰のものなのかは、とうに分かっていた。

四

「びっくりするって、こういうことなのね」

路地を擦りぬけながら、お蝶《ちょう》がいった。ああ、と生返事だけして、あとに付いていく。手は摑まれたままだった。饐《す》えた匂いの籠もる細い道を、そのまま小走りで駆ける。

やがて小路が途切れると、長屋の入り口らしきところに立っていた。いま住んでいるところと異なるもののないありふれた眺めだったが、ここがどこなのかはむろん承知している。

「よく遊んだよね、この辺」

三人で、と小さな声で付け加え、お蝶が先に立って歩をすすめる。すでに夕餉《ゆうげ》の支度にかかっているのか、井戸端に人影は見当たらなかった。燃えるようなかがやきを宿した日が正面から差しかかり、まぶしさに目を細める。おれの家はどこだったかと思いながら、あたりを見まわした。だいたいあの辺、というところまでは分かったものの、記憶があいまいになっていると気づき、愕然とする。お蝶にたしかめようかと思ったが、なぜかできなかった。

お蝶は幹太や進次郎よりひとつ下だが、この長屋に住む幼なじみだった。親父はたしか幹太の父とおなじ大工で、いくぶん酒癖のわるい男だった気がする。もっとも、そうしたことは子ども同士が付き合う上でほとんど意味をもたない。町じゅうのあちこちが三人の遊び場で、しばしば大川べりに出て、両国橋や対岸を眺めた覚えもある。とはいえ、じっくり景色を見ている子どもなどそういるわけもなく、じき石投げなどに興じるのが常ではあった。

「さっきは、なんだかぼんやりして歩いてたんだ」

ひとりごつような声がかたわらで洩れる。面を向けると、お蝶がくすぐったそうに肩をすくめ、井戸べりに腰をおろした。釣瓶の縄に手を添えながら、つぶやく。「そしたら、いきなり目のまえにいるんだもの」

幹ちゃん変わってないね、と明るい声を投げる。どう応えていいか分からず、おそるおそる横に掛け、曖昧な笑みをたたえることしか出来なかった。

「おめえは――」

変わったな、と言いたかったが声にならない。おなじ縄へ手をのばし、離れたところをわざと乱暴につかんだ。

男のように黒かった肌は、そのままともいえたが、つややかな光沢を帯びた布のようにも見える。大きくひらかれた瞳と相まって、しなやかな猫のごとき空気を軀じゅうにまとっていた。小袖の胸元も、今ははっきりとしたふくらみをたたえている。つと目を逸らした。

川向こうに越したあと、いつもお蝶のことを考えていたわけではない。が、思い出すたび、かすかな胸の疼きに襲われるのも本当だった。自分の膝がしらを見つめながら、所在なげに足先をぶらぶらさせる。蜩《ひぐらし》の声が耳を覆い、うるさいほど響いていた。その音が途切れると、お蝶がふっと吐息をこぼす。

「……どうしてるかなって思ってたよ、いつも」

弾かれたように顔を上げ、女の面をうかがう。こんどはお蝶のほうが目を伏せた。すこし言い訳じみた気配をただよわせてつづける。

「進ちゃんも、よくそう言ってた」

前はね、と付け足す声が、はっきりとかすれていた。幹太たちが今どんな間柄なのか知っているのだろう。思いこみかもしれないが、それはあの男の伝えたことではない気がした。すくなくとも幹太の知っている進次郎なら、わざわざ女の気を揉ませるようなことはいわない。両国橋をはさんで睨み合う若者たちの噂は、思ったより広がっているのかもしれなかった。

「そうか」

うまい言いようが浮かばず、われながら意味のない相槌を打った。お蝶もいくらか気まずげに口をつぐむ。ようやく聞こえるかどうかという声で、うん言ってた、とだけつぶやいた。

幹太はゆっくりとこうべをめぐらし、夕映えに滲《にじ》むお蝶の姿を見つめた。眼差しを落としたままの影が、朱の色に照らし出されている。着物の裾から覗くふくらはぎだけが、やけに白かった。

「なあ」

息を詰まらせながらようやく発すると、女の肩がぴくりと震えた。何がいいたいのかは、自分でもはっきりしない。釣瓶の縄をつよく握ると、すこし下がったところで応えるように力を籠めるのが分かった。

お蝶がそろそろと顔をあげ、こちらを仰ぐ。やわらかそうな頬のうえで、橙色の光がはじけるように揺れていた。おもわず、そこに向かって指さきを伸ばそうとする。お蝶はいくぶん恐れるように眉を寄せたが、退こうとはしなかった。

突然、横合いから汚い草履が飛びこみ、震える指を蹴り飛ばす。手を押さえながらすばやく腰をあげたが、相手の顔を確かめるまえに、違う方向から飛んできた拳が腹にめり込んだ。うずくまった顔面に真っ向から蹴りが入れられる。

そのまま仰《あお》のけに倒れる幹太の目を、夕日が容赦なく射る。お蝶の叫びが、どこか遠いところで聞こえていた。

五

「ひどい面《つら》だな」

おどろくほど近くで、嘲《あざけ》るような声がささやかれる。朦朧としていた頭が少しずつわれに返ると、軀のあちこちで鈍い痛みが走った。

頭上には煤《すす》けた屋根板が広がっている。視線をめぐらすと、どこにでもある長屋の一室が目に飛びこんできた。本所の家にもどったのかとも思ったが、むろんそんなはずはない。起き上がろうとしたものの、うまくいかなかった。よく見ると、荒縄で手首を縛られている。

「ひどい面だ」

今度はべつの声が繰りかえす。気がつくと、自分とおなじような年ごろの男たちが何人か、車座になってこちらを見下ろしていた。

「何遍も言ってんじゃねえ」

絞りだしたはずの声が、くぐもって言葉にならない。舌のあたりにざらりとした布の感触をおぼえた。猿轡《さるぐつわ》を噛まされているらしい。

背すじを冷たい刷毛《はけ》で撫で上げられる心地がした。いちいち顔を覚えてはいないが、男たちは進次郎の手下だろう。長屋の井戸端で襲われ、ここに連れ込まれたようだった。進次郎本人は見当たらないが、ざっと見ただけでも五、六人は集まっている。全員を打ち倒して逃げ出すのは、到底むりというものだった。

——お蝶……。

眼差しをさ迷わせたが、四畳半ほどの狭い室内である。ことさら探してみるまでもなく、女の姿はなかった。ほっとしたような、落胆したような心もちが胸に伸しかかってくる。

「どうしてやろうか」

生ぐさい息が、舐《な》めるように耳朶《じだ》をかすめる。同時にざくりと音がして、顔のすぐそばに出刃包丁が突き立てられた。不覚にも、ひっという叫びをあげてしまう。ひどく愉快げな笑声がいくつも湧いた。

「こいつにゃ、さんざん殴られたからな」

「指でも落としてやるか」

「当り前すぎてつまらねえや」

「じゃあ、あれをちょん切ってやろうぜ」

誰かがいうと、いっせいに狂ったような歓声があたりを満たした。あれ、あれ、と謡《うた》うふうに拍子をそろえ、それに合わせて出刃がぶすぶすと畳を刺す。叫びたいのに声が出てこなかった。

叫喚の渦が高まり、体中を気もちの悪い汗が伝う。足のほうに誰かの手が伸び、着物の裾を捲《まく》り上げた。蹴り飛ばそうとしたが、爪先が思うように動かない。足首も縛られているようだった。身をよじって抗《あらが》ううち刃先が触れたらしく、太腿や膝に何度もするどい痛みが走る。幹太は声にならぬ呻《うめ》きをあげながら、もがきつづけた。

囃《はや》し声はじきに消え、少年たちが苛立ちまじりの叫びをあげる。

「これじゃ埒《らち》が明かねえ」

「おれがちょん切ってやるから、おまえら押さえつけろ」

おう、という声があがり、黒い影がつぎつぎ幹太の上に被さってくる。腹や胸がきつく圧《お》され、息が出来なくなった。振りほどこうとしたが、自分の軀とも思えぬほど、意のままにならない。下帯に手がかかり、腰のあたりを刃先がかすめる。全身が総毛立ち、震えだすのを留《とど》めることができなかった。

「――おまえら、何してやがる」

長屋の戸がいきなり開け放たれたかと思うと、男の声が近づき、急に軀が軽くなった。押しのけられた者たちは、出刃を構えた少年を先頭にして、踏み込んできた影に向かい合う。

入ってきたのは、四十すぎと思われる職人風の男だった。がっしりと厚い肩のうえに、濃い眉をした面ざしが載っている。どこか見覚えのある気もしたが、はっきりとは分からなかった。

よく見ると、男の背後に息を弾ませたお蝶が控えている。幹太のため、助けを呼びにいってくれたものらしい。あわてて目を逸らし、畳の上で身を縮めた。

「寄こせ」

男は少年たちを見据えると、まっすぐに掌を差しだした。先頭に立つひとりが出刃を突き出し、わななきながらかぶりを振る。

「寄こせっていってんだよっ」

ぐいと一歩踏み込んで、少年の横っ面を張る。うわっと叫んで取り落とした出刃をすばやく拾い、男は忌々しげに舌打ちを洩らした。その間に、ほかの連中は雪崩《なだれ》を打って駆け出している。出刃を持っていた少年も、腰を抜かしたまま、這うように逃げていった。

「難儀な目にあったな」

男は言いながらお蝶に出刃を渡す。受けとりざま、少女が幹太のそばに滑り寄ってきた。羞《はずか》しさに身の内が灼けるようだったが、お蝶は気にかける風もなく、腕に巻かれた荒縄を出刃で断ち落とす。われながら馬鹿らしいと思うが、せめて下帯が剝《は》ぎとられる前でよかったと安堵の息をついた。

まだ痺《しび》れている指先で、どうにか猿轡を解く。お蝶がその間に足首の縄も切ってくれた。壁に手を置き立ち上がろうとしたが、足もとに力が入らず、よろけそうになる。少女が、小さな肩で幹太の上体をささえた。

「……すまねえ」

お蝶の温もりが薄い小袖を通して伝わってくる。近すぎて、そちらを向くのが怖かった。おもわず顔を背けると、腕を組んだまま立っている男と目が合う。いそいで頭を下げ、消え入るような声を絞りだした。

「ありがとう――」

ようやくそれだけを口にする。男は無言のままふたりを見つめていたが、ややあって、にやりと笑ってみせた。

「まあ、大事な嫁が血相変えて飛びこんでくるんだ、ほっとくわけにもいかねえ」

つかのま足さきから力が抜け、へたりこみそうになる。お蝶がどこか慌てたように言い添えた。

「まだですよ、おじさん」

呆然として声をうしなう幹太を見やり、男が微笑とも苦笑ともつかぬ笑みを口辺に浮かべる。

「まだ思い出せねえみたいだな。ほら、桶屋の正五郎《しょうごろう》さ。進次郎の親父だよ」

六

重い足を引きずり帰ってくると、家のまえを所在なげに行ったり来たりする影が目に留まる。暮れ方の光を透かし見るまでもなく、誰なのかは見当がついた。千吉のほうも幹太をみとめ、小走りに駆け寄ってくる。が、体中の痣《あざ》や怪我に気づいたらしく、口をひらいて棒立ちになった。案じるような、なかば怯えたような口調で発する。

「……だいじょうぶかい」

「ここまで帰れるくらいにはな」

むりに笑ってみせたものの、顔のあちこちが引き攣るように痛んだ。きょうはこれ以上話せねえというつもりで片手をあげ、よろめきながら踏みだす。

「あっ、そうだ」

背後で千吉の声があがる。こうべをめぐらすのが億劫《おっくう》で、振り向くことができなかった。かまわず少年がつづける。

「またお客さんが来てたよ」

「おめえも暇だな」

かろうじてそれだけ応えたが、相手に聞こえたかどうかは分からない。昼間いってた奴か、と思いながら戸を開けた。

「えっ」

おもわず頓狂な声を立ててしまう。上がり口に座った進次郎が、涼しげな顔つきでこちらを見上げていた。おしのは布団の上に身を起こし、唇《くち》もとに湯呑みを運んでいる。ふたりが顔を合わせるのはやはり七年ぶりのはずだが、ぎこちない空気はさほど感じられない。進次郎が今日ここをおとずれてから、すでにそれなりの刻《とき》が経っているのかもしれなかった。

「遅かったな」

何げない口ぶりでささやきながら、進次郎が腰を起こす。じゃあおばさん、また、と言って、かたわらの笠を手に取った。おしのがかるく頭を下げて、礼を送る。拳をかまえる暇もなかった。進次郎は立ちつくす幹太の肩に手を置き、ぐっと力を籠める。

「ちょっと来てくれ。手間は取らせねえ」

小声でいうと、笠をかぶって戸に手をかける。言いなりになるのは業腹だったが、母親の前で悶着を起こすわけにもいかなかった。

外へ出ると、残った暑熱が肌に重くまとわりついてくる。が、わずかな間にも夜の気配はたしかに近づいてきたようだった。千吉の姿は、もうどこにも見当たらない。

「何なんだよ、その笠は」

先に立って歩く進次郎へ呼びかける。言いたいことはいくらもあったが、まずは先手というところだった。振りかえった相手は、こちらの顔をしげしげと見つめ、鼻にかかったような笑声を洩らす。

「おまえみてえな面にならないためよ」

さては橋を渡ったな、とつづけて呆れ声をあげた。進次郎は笠で顔を隠し、無駄ないざこざを避けたということだろう。臆病者めといってやりたかったが、さいぜん自分が味わった窮地を思い起こせば、その目配りは賢明というほかなかった。

先導されるまま歩をすすめる。このあたりは不案内なはずだが、進次郎の足どりには迷いがなかった。掘割沿いに路地を抜け、広い道に出たところで右方へ折れる。ひと足ごとに生ぬるく湿った匂いが強くなった。

川べりまで来ると、進次郎は無言で腰を下ろす。そこは夕刻、幹太が両国橋を眺めていたのとほぼ同じところだった。並んで座る気にもなれなかったので、立ったまま、すこし離れてあたりを見まわす。

日の名残りが藍色の薄闇となって、いちめんに立ち籠めていた。川面はすでに溟《くら》く沈みはじめており、水音がかすかに耳をうつ。橋を行き交う人影はまだそれなりに残っているが、対岸のようすは霞んでいて、はっきりとは窺えなかった。

「こんなふうに見えるんだな、向こうがわ」

そうつぶやいたきり、進次郎は口を開こうとしない。笠ははやばやと脱いでかたわらに置いていた。だれか通ったらどうするんだと、幹太のほうがそわそわしてしまう。仲間を呼んで袋叩きにしても構わないはずだが、すっかり相手の調子に呑まれていた。落ち着かぬまま、ほっそりとした背中を見つめる。

「おい――」

痺れを切らして発した呼びかけと、

「親父の店、見たか」

ささやくような進次郎の声がかさなる。出端《でばな》をくじかれて口ごもったが、

「ああ」

とだけ応えた。そうか、と返してから、相手がひとりごつように洩らす。

「大したもんだよな、手前《てめえ》の親だからいうわけじゃないが」

諾《うべな》うのも癪《しゃく》だから黙っていたが、進次郎のいうことは当たっている。長屋にいた職人が、小さいながらも表通りに店を構えるなど、そうそうあることではない。腕もよかったに違いないが、人並み以上の才覚と精進があったのだろう。

自分の父親が生きていたとして、おなじことができたとは思いにくい。ひとは好《よ》かったが、子ども心にも働き者という印象はなかった。

「……そうだな」

しばらく経ってから、それだけを口にした。認めないのも小物じみている気がしたのである。進次郎がどこか儚《はかな》げな笑声をこぼし、ありがとよ、といった。そのまま、押しだすように語を継ぐ。

「おととし、おふくろが死んでな」

幹太は驚きの声を呑みこんだ。少しきつめの顔立ちだったが、きれいな人だという覚えがある。長屋のことだから行き来は頻繁で、進次郎の家に上がりこむのもしょっちゅうだった。それは向こうもおたがいさまで、幹太の親ともなじみがある。だからこそ今日も、おしの側でながながと待っていられたのだろう。

おとといしだとすると、四十にはなっていなかったはずである。じぶんの父親といい、ひとというのはずいぶん呆気なく死ぬものだと思った。

ご愁傷さまで、などと形だけのことをいうのが嫌で、押し黙ってしまう。進次郎はかまわずにつづけた。

「後添えをもらいたいんだそうだ」

「……ふうん」

気の抜けたような返事をすると、進次郎がはっきりと苦笑を洩らした。振り返り、まっすぐな視線で幹太を見上げてくる。

「おめえのおふくろさんよ」

「えっ——」

頭の芯から声が抜けていく。お蝶と再会したときも、これほど驚きはしなかったろう。

「やっぱり聞いてねえんだな」

橋のほうへ向きなおった進次郎が、やるせなげに吐息をつく。そのまま足もとの小石をひろい、川面へ投じた。とっさに耳を澄ましたが、水音は聞こえてこない。むかしはよくこうやって石を投げたな、と思った。

ひと足すすみ、黙りこんだままの進次郎を見やる。か細い月光に浮き上がった横顔が、急に大人びて感じられた。

話のさきを促そうとして思い当たったことがある。昼間、両国橋でぶつかり合ったとき、進次郎はどこかしら本気でないようだった。暑いから帰る、などとうそぶき去っていったのは、いま話したようないきさつが頭にあったからなのだろう。

「恩に着せるつもりは毛ほどもねえが」ふいに進次郎が口をひらいた。「おふくろさんに内職を世話したのは、親父なんだそうだ」

「……どういうことだ」

呆然となって立ちすくんだ。話の筋みちはまったく読めないのに、足もとだけが小刻みに震えている。どろっとしたものをむりに呑まされたようだった。進次郎が皮肉げな声音を発する。

「惚れてたんじゃないのか、むかしから」

まあ、そうは言わねえけどな、とつぶやいて、もういちど小石を投げる。やはり水音は聞こえなかったが、耳鳴りめいたものに襲われていたせいかもしれない。

頭の奥が乱れ、立っていられなかった。全身の力がいちどきに抜けて腰をつく。進次郎と肩をならべるかたちになった。

川面を吹く風が、汗ばんだ首すじを撫でて通りすぎてゆく。かすかな心地よさを覚えはしたが、どこか生ぐさいような匂いが漂ってもいた。幹太は立てた膝に顔を埋め、せわしない息を繰りかえす。

「むかしからって、それは」

ようやく口にした言葉は、それ以上つづかなかった。軀は冷たいのに、首から上だけがひどく熱い。

昼間、千吉の見た男は進次郎の父親だったということだろう。あるいは時おり、おしののもとをおとずれていたのかもしれなかった。自分が家にもどってからは機会もなかったろうが、奉公に出ているあいだのことまでは知りようがない。

「どうでもいいんだよ、いつからそうなってたのかなんて」

進次郎が吐き捨てるようにいった。はげしい響きに、おもわず背すじが撥《は》ねる。

内職を世話したのは並々ならぬ好意からと察しはつくが、ふたりのあいだにいつから男女の通い合いがあったかなど、たしかに分かるわけもない。川向こうの長屋も手狭にかわりはないから人の目を盗んでどうこうは考えられないとしても、気もちの芽生えはそのころからあったのだろう。助けられたせいもあるにせよ、正五郎はじぶんから見ても気風《きっぷ》のいい男である。ひとがいいだけの父からひそかに気もちをうつしたとしても、母を責める気にはなれなかった。

「……どうでもよくはねえだろう」

かろうじて洩らしたものの、じぶんでも分かるほど力が籠もっていない。進次郎がつよくかぶりを振った。

「ちがう、ほんとうにやりきれねえのは」そこまでいって、いったん声を呑みこむ。なにかを振り切るようにつづけた。「うちのおふくろが死んでよかったって、ふたりが思ってることだ」

「そんな――」声がすぼまり、動悸だけが耳の奥で高鳴っていた。進次郎が、呆れたような面もちになって溜め息をつく。

「めでたい奴だな」

「なんだと」

身を乗りだすと、

「いつからの仲か知らねえが、ようやく一緒になれるんだ。そんな気もちは、これっぽっちもないって言えるのかよ」

やけにするどい声が返ってくる。とっさにことばを失い、黙り込んでしまった。進次郎が誰にともなく告げる。

「……そんなことだから喧嘩に負けんだよ」

「それとこれとは別だろ」むきになって相手を睨みつけた。「そもそも負けちゃいねえ」

「あれを負けてないっていうのか」

進次郎がくすぐったげに笑った。いくぶんばつが悪くなって肩をすくめる。気がつくと、川面におびただしい銀色の光が揺らめいていた。頭上へ目をやると、空がいちめん白い砂粒をまぶしたようになって輝いている。

後添えのことは、しばらく前から匂わされていたという。昼間、正五郎が長屋を訪れたのは、最後におしのの気もちをたしかめに来たのだろう。正式に告げられた進次郎が、挨拶に出向いたということらしかった。

「おやじのことは嫌いじゃねえ」進次郎がぽつりと言った。「おめえんとこのおばさんにも親切にしてもらった……きっと、だいじょうぶだ」

幹太は夜空を見上げたまま、うなずいてみせる。瞳を下ろして、相手の顔を見るのが怖かった。かたわらで、ひとりごつような声が響く。

「ふたりとも嬉しそうにしてんだよ」進次郎が、言いさして唾を呑みこんだ。「おふくろのことは一切いわねえ。いや、いえねえのかな」

そこまでいって、やにわに立ち上がる。尻のあたりをはたいて、こちらを見下ろした。

「おめえはどうする」

「どうって」

首をかしげると、進次郎が鼻先で笑った。

「あっちに来るのかってことよ」

言いながら、顎で大川のほうを示した。すでに人通りは絶え、両国橋の影だけがくろぐろと月明かりに浮き上がっている。とてつもなく大きな生きものが眠りにつこうとしているかのようだった。その向こうに横たわる町も、いくつかの明かりを残して闇の底で鎮まりかえっている。

ふいにお蝶の面影が瞼の奥をかすめた。別れぎわ、うつむきながらもきっぱりと告げられた声が耳に谺《こだま》する。

――ごめんね。

それだけの短いことばだったが、女の心もちは伝わった気がする。どんな行く末でも選べた時期は、もう過ぎているのだった。

幹太はゆっくりと膝を起こした。進次郎とならんで対岸を見やる。風がつよさを増したらしく、町の上にかかった雲が動きはじめていた。

――みんな、向こうがわへ行っちまうんだな。

小さな桶屋で夫とともにいきいきと働く母が見えるようだった。かたわらでは、進次郎とお蝶が微笑みながら赤子をあやしているかもしれない。自分がそこにいる光景はどうしても浮かんでこなかったが、ふしぎなほど寂寥はなかった。十七年間の澱《おり》がにわかにこそげ取られたような心もちさえ感じている。

無言のまま、踵をかえした。吐息をこぼした進次郎が、

「いつかきっと――」

といって、その先を呑みこむ。幹太は振りかえらずに爪先を踏みだした。

そのいつかが訪れないだろうことは、ふたりとも知っている。おれたちは皆、とうに渡っていたのだという思いが、総身に広がっていった。

死んでくれ

一

客が来ていると告げた手代《てだい》の直次《なおじ》が、どこか案じるような面もちを浮かべている。胸が騒ぐのを覚えながら、おさとは手早く襷《たすき》をほどいた。そのまま厨《くりや》から出て、小走りで勝手口へ向かう。直次も仕事に戻らねばならないらしく、ついて来はしなかった。客とは誰なのか確かめなかったことに気づいたが、わざとそうしなかったのだと自分でも分かっている。

相模屋《さがみや》は日本橋界隈でも知られた太物《ふともの》問屋だから、奉公人も何十人と抱えている。寸の間、下働きの娘ひとり見えなくなっても気にする者はいないだろう。が、そろそろ夕餉のしたくに取りかかる時分だから、厨を離れるのはためらわれた。女中頭がお内儀《かみ》さんのご用で使いに出ていたのは幸いというほかない。

追われるように足を速めて母屋を出る。萩の白い花弁が視界の隅をかすめたが、目を留めるゆとりはない。初秋の淡い日ざしが降りそそぐ中庭を通り抜け、裏口に辿りついた。転びはしないかと思えるほどおぼつかぬ足どりのまま、戸に手をかける。いそいで開くと、耳ざわりな軋み音が大気を震わせた。

まばらな不精ひげを生やした旅姿の老人が所在なげに立っている。肩に負った行李はあちこちほころび、中身がこぼれはしないかと案じられるくらいだった。もっとも、失くして困るものを持っているようにも見えない。

内心恐れていた相手とは違うと思えたから、じわりと安堵の心もちが湧いてくる。が、では誰なのかが分からなかった。当の老爺《ろうや》がひとことも発さず佇んでいるため、こちらも何と声をかけたらいいのか見当がつかない。ほとんど睨むような眼差しとなって、目のまえの男を見据えた。するうち、とうとう老爺のほうがしわがれた声を洩らす。

「おさと……」

息を詰めると同時に、脳裡で渦巻く無数の顔から、ひとつの面ざしが引き出される。それが、しょぼくれた老爺にゆっくりと重なっていった。

「お父《と》っつぁん――」転がり出た声は、ほとんど悲鳴に近い。「なんだって今ごろ」

いちどは違うと思ったものの、やはり父の辰蔵《たつぞう》だったらしい。五十には間があるはずだが、別人としか見えない老けこみ方だった。

「おくみさんに、ここだって聞いてよ」

辰蔵が、ひどくくぐもった声でいった。おくみというのは死んだ母の幼なじみで、いまでも何くれとなく気を配ってくれている。とはいえ、世話好きすぎるところが困りものだった。辰蔵にもその伝で、おさとの奉公先を教えてしまったのだろう。

「長屋に行ったら、知った顔がだれもいねえから往生したぜ」

途方に暮れたようなことばが、白く粉を吹いた唇からこぼれ出た。おさとはひとあし踏み出すと、古ぼけた箒《ほうき》のごとくそそけだつ父の頭に目をやる。こんどは本当に睨みつけていた。唇を噛みしめ、とがった声をあげる。

「十年も留守にしてたんだ、当りまえだろ」

二

「……親父さんだったのかい」

たしかめるようにつぶやいた直次が、腕を組んで厨の柱に寄りかかる。おさとは男の声を聞きながら、残った洗い物をひとりで片づけていた。

なぜ今になって父が帰ってきたのか気にはなったが、まともに話をするだけの刻《とき》があるわけもない。辰蔵には、母が死んだということだけ、かろうじて伝えた。どんな顔をするか見たいと思っていたのに、

「聞いたよ、おくみさんに」

ぼそぼそ応えるだけで、とぼしい表情から内心の動きは読み取れない。あたしがいってやりたかったのに、とおくみの世話焼きを恨む思いがまた湧き上がった。

馬喰町《ばくろちょう》の木賃宿に泊っているという父と別れて厨へもどると、女中頭がとうに帰っている。いつも不機嫌そうな面もちをさらに険しくして、おさとを待ち構えていた。

ひさしぶりに会う親類がいきなり訪ねて来て、とおおむね本当のことを話したものの、それで

許してくれる相手ではない。齢《とし》は四十半ばで、もともとお内儀さんの実家から付いてきた女中だったというが、かたくななまでの忠実さで奥のことを取りしきっている。洗い物くらいですんだのは、むしろ温情なのかもしれなかった。

秋に入ったばかりだというのに、日が暮れるとにわかに指や足のさきが冷たくなる。おさとは椀をすすぎながら、ちらちらと直次の方へ視線を走らせた。痩せぎみのととのった面ざしが、思案げにたたずんでいる。

そばにいてくれるのは嬉しいが、誰かに見られたらという危惧がまさった。いずれ夫婦にと言いかわした仲ではあるものの、目途が立ったわけでもないから、大っぴらにはしていない。女中頭に見つかったら、こんどは縫い物でも押しつけられかねなかった。

「びっくりした……よね」

手もとに目を落とし、ひとりごとめかして告げる。まあな、とことさら何げない体《てい》の声が返ってきた。面をあげて、男の表情をたしかめるほどの勇気はない。

辰蔵のことを隠していたわけではないが、父親は十年まえに行方をくらました、とかんたんに話しただけである。じっさいは博打にのめり込み、ほうぼうへ不義理を重ねたすえの失踪だった。せめて高利貸しに手を出す前でよかったが、親類や仲間には借りられるだけ借りて顔向けできぬ有りさまとなっており、料亭の通い女中をして金を返しつづけた母は三年まえに死んだ。

おさともいまだに、とぼしい給金のなかから捻《ひね》りだしたものを幾人かに納めている。何年も経つうち、金を払うというかたちだけが残り、そもそもなぜ自分がこんなことをしているのか分からなくなる。それにつれて父の顔を思い浮かべることも減ったが、ひどく理不尽なものを押しつけられたような心もちはずっと引きずってきた。直次にはっきり話せなかったのは、そうした気分があったからかもしれない。いまも辰蔵を見てどう思ったのかは、聞けずにいた。

「そろそろ行かねえと」

男の声が耳朶《じだ》をたたく。人目を気にしなければならないのは直次もおなじだった。が、いつもより立ち去るのが早いと感じてしまう。唇くらい吸っていってもいいのにと思ったが、顔を上げると、細身のうしろ姿はすでに見えなくなっていた。

三

見知らぬ男にとつぜん声をかけられたのは、それから三日ほどした昼下がりのことである。くだんの女中頭に命じられ、すこし離れた青物屋へ使いに行った帰りだった。

しばらく前までは残暑の厳しかった時刻だが、きょうは朝から秋の気配が色濃く広がっている。商家の庭から、百日紅《さるすべり》があざやかな紫の花を通りに突き出していた。目を奪われながら歩いていると、手前の路地からあらわれた男が前置きもなく呼びかけてくる。

「辰蔵の娘ってのは、あんたかい」

三十を少し出たところだろう、上背のある軀《からだ》に小ざっぱりとした縞《しま》の小袖をまとっていた。職人かと見える風体だが、眉間のあたりに険しい影が差している。あきらかに堅気とは思えぬ空気を総身にまとっていた。ことさらそれをひけらかす風もないところが、かえって怖ろしいように感じられる。

「――ええ、父は辰蔵という名でしたけど」

でした、というところに力を籠めたつもりだが、相手には通じなかったらしい。鼻を鳴らすふうな笑い方をすると、さらに一歩近づいてきた。青物の籠をかかえる手に力がこもる。はちきれるように瑞々しい茄子の匂いが立ちのぼってきた。

「親父さんの借りた金を返してほしいんだがね」

威嚇する口ぶりではなかったが、声がおどろくほど冷たかった。とっさに背すじが強張ってしまう。

「あの、お金は毎月返しています……ほんとに少しずつですけど」

窄《すぼ》まりそうになる喉を励まし、どうにか応える。遅々とした返済に業を煮やした誰かが、使いを寄越したものと思われた。

男は訝《いぶか》しげな面もちを浮かべたが、つぎの瞬間、はっきりと声に出して失笑を洩らした。ひとしきり肩を揺すりながら、なるほど、たいした玉だとひとりごちる。身動きもできぬまま、そのさまを見つめていると、ふいに唇をむすんでから、

「あんたが言ってるのとは別口だ」

なぜか諭すふうな口調でいった。おさとは息を呑んで立ち尽くす。男は呆れたような憐れむような眼差しを向けると、ごく平坦な声でつづけた。

「こっちの話は、おとといのことよ」

富岡八幡宮《とみおかはちまんぐう》ちかくの賭場で負けが込み、胴元に一両の借りをつくったらしい。その場では持ち合わせがなかったが、すぐ払いに来るという。江戸へ戻ってきたばかりで宿も定まっていないからと、かわりに娘の名と居どころを明かしたため、ひとまず放逐した。当人は昨日のうちに来るはずだったが、今日になってもあらわれる様子がない。

うろ覚えながら、男が口にした賭場は、かつて辰蔵が出入りしていたところとは別のようだった。十年ぶりの江戸で、よくご開帳の場所を探り当てたと信じられぬ思いだったが、魅入られた者だけの持つ嗅覚があるのだろう。

「……一両なんてすぐには」

気力を振りしぼり、声を押し出す。じぶんの給金が年に三両なのだから、はいそうですかと出せるわけがない。男は動じる気配もなく、まあそうだろうな、といった。影の這う面ざしを苦い笑みで崩しながら、

「三日待ってやろう」

と告げる。ややあって、ひどくうんざりした調子で付けくわえた。「言っておくが、それ以上の手心は加えられねえ」

おさとは声も出せぬまま、首だけを何度も縦に動かす。男はおもむろに背を向けたが、二、三歩すすんでから、なにか思い出したようすで振り返った。

「さっさと手を打ったほうがいいぜ」どこか疲れを滲ませた声でつぶやく。「おれはこういう、

いい、いかにもなことを言うのが嫌《きれ》えなんだが……どうしようもなけりゃ、あんたの体で払ってもらうほかなくなるだろうよ」

四

いまにも崩れそうな二階屋が、朝の日ざしをさえぎっている。黴《かび》臭い匂いが鼻を突くのは、思い過ごしでもないようだった。まるで、このまわりだけ早くも冬が訪れたふうなうらぶれ方に見える。

先日、父が言い置いた木賃宿だった。訪《おとな》いを入れるのもためらわれる構えだったが、おそるおそる玄関に足を踏み入れる。物憂げな顔をした年増の女中があらわれ、なにか用かい、と投げやりな口調で問うた。

用件を伝えると、待つほどもなく二階から辰蔵が降りてくる。いるはずはない、と覚悟して出向いたから、つい声をあげてしまった。剃刀を当てたらしく、伸び放題だった月代《さかやき》や不精髭がととのえられ、いくらか若くなったように感じる。いい男とはいわぬまでも、それなりに見られるさまとなっているのが、かえって業腹だった。さすがにばつが悪いのか、うつむいたまま、意味もなく顔じゅうを撫でまわしている。

「そうか、おめえんところに行ったか……」

きのうのことを話すと、辰蔵は大柄な体を縮こまらせるようにして、上がり框の隅に腰を下ろした。おさとは立ったまま詰め寄り、苛立たしげに吐き捨てる。

「来るのは分かってたはずだよ。なにが宿はないだ、自分の居どころはないしょにして」

辰蔵が怪訝そうに眉を寄せ、小首をかしげた。そのまま、ゆっくりと発する。

「だっておめえ」幼な子に言い聞かせるふうな口ぶりだった。「おれのところに来られたって、払えるものなんてあるわけねえじゃねえか」

腰から下がすっと失くなったような心地に見舞われる。とっくに分かっていたことだが、父は払う気も払うべきものも持ち合わせていないようだった。

が、女中頭にさんざん嫌味をいわれながら、ようやく休みをもらっている。身動きできる刻はかぎられていた。どうとでもして埒《らち》を明けねばならない。

直次には、まだこのことを話せずにいた。面倒な父親がいると知られたら、じぶんへの気もちが遠のいてしまうのではないかと案じられたのである。なにがあっても添うてくれる、と言い切れるほどの自信はなかった。

「おくみさんに泣きついてみるか」

擦り切れそうな膝がしらを見つめていた辰蔵が、ぽつりとつぶやく。つかのま呆然となったおさとは、すぐにはげしくかぶりを振った。

「もう、さんざん世話になってるんだ、そんなわけにいかないよ」

「けど、ほかに心当たりがねえだろう」

どいつもこいつも薄情だからよ、と辰蔵が開き直った体で不貞腐れた面もちとなる。頭の芯でつづけざまに熱い火が散り、勝手にことばが零れだした。

「だいたい、何だっていきなり帰ってきたのよ」

「その、ちょいと患《わずら》って、働けなくなっちまってな」

「どこが悪いの」

問い詰めるようにいうと、まあ、あちこち、と口にして目を逸らす。

どう見ても病とは思えなかった。ほとぼりも冷めたころと見はからい、女房に食わせてもらおうくらいのつもりで舞い戻ってきたに違いない。もともとどんな仕事も長つづきせず、時おり思い出したように働いては日銭をかせぐことしかしていなかった男である。指さきが震えだしたのは、瞋《いか》りからくるのか畏れからなのか、じぶんでも分からなかった。

「じゃあ、なんで帰ってくる早々、博打なの。おっ母さんやあたしが、どんな思いで……」

込み上げてきたものが喉をふさぎ、声が途切れてしまう。涙はこらえていたが、帳場にいる手代や膳をかかえた女中たちが恐れはばかるような眼差しを向けてきた。気づきはしたものの、どうでもいいという心もちが勝る。

「――あいつの供養にと思ってよ」

辰蔵が真顔でいった。冷たいものが背すじを撫でて通りすぎてゆく。あいつというのは、死んだ母親のことだろう。どこからそういう理屈が出てくるのかと思ったが、父は濁った瞳をおさとに向けたまま、後ろめたげな気配もない。

黙りこんだ娘の面に視線を這わせると、辰蔵はおもむろに唇をひらいた。

「やめようとしなかったわけじゃねえ」ひどく掠れた声が転がり出る。「何度も頑張ったんだよ、おれなりにな」

「…………」

なにか言い返そうとしたが、どうしてもことばが浮かんでこない。眼前に得体のしれぬ生きものが蹲《うずくま》っているようだった。

「でも、だめだった——やめられねえんだ、どうしても」

虚空へ向けた父の声が、耳の奥で唸るように谺《こだま》した。おさとは血の気が失せるほど、きつく手を握りしめる。死んだ母の面ざしが胸をよぎったが、つぎの瞬間には呆気なく消え去っていた。

五

そうかい、そんなことになっちまったのかい、といって、おくみが頰のあたりに肉の厚い手を添えた。そのまま、考え込むようにうつむいてしまう。ふだん、うるさいほど口数の多い女だから、今までこうした様を目にした覚えはなかった。

ひさしぶりに来ると、あたりにただよう溝《どぶ》の匂いがことさら鼻を突く。そのせいか、秋とも思えぬくらい多くの藪蚊が飛びかかっていた。

父との問答に見切りをつけ、以前住んでいた長屋におくみを訪ねたのだった。いきなりおさとがあらわれ驚きはしたようだが、話のあらましはすぐに把《つか》んでくれたらしい。

「一両ねえ」

長屋の木戸へ片手を添え、念を押すふうにつぶやく。おさとは忙しなくうなずき返した。相手がぷっくりした唇にかすかな苦笑をのぼせる。

「すまないけど、こっちも手もと不如意ってやつでさ」

「いえ、そんなつもりじゃ」

顔の前であわてて手を振りながら、胸の裡に灼《や》かれるような焦りを覚えていた。

むろん、いま口にしたことは建て前にすぎない。包み隠さずいえば、母の幼なじみだったこの女にいくらか用立ててもらえないかと思っていた。おくみが自分の奉公先を教えさえしなければ、こんなことにはならなかったのだという気もちもある。

母とおなじく長いこと通いで料亭につとめ、いまでは仲居をしているから、少しくらい貯えもあるだろう。結局、辰蔵の思いついたとおりになってしまったのは忌々《いまいま》しいが、なりふりかまっている場合ではなかった。

藪蚊が二、三匹、羽音を立てて顔のあたりにまとわりついてくる。それを手で払っていると、

「あたし、辰蔵さんに貸したままの金があるんだよ」

ふいに、おくみが面をあげた。自分の瞳が大きく見開かれるのが分かる。え、と呻《うめ》いたきり口ごもっていると、目のまえの女がどこか太々しさをたたえた口ぶりになってつづけた。

「あのひとが行方しれずになる前だけど……それこそ、積もり積もって一両くらいにはなるかねえ」

おさとは驚きの声を呑みこんだ。はじめて聞く話だったが、理屈抜きにほんとうだと感じる。むしろ、そういうことがあり得ると思い至らなかった迂闊《うかつ》さを呪いたくなった。辰蔵は借りられそうな相手に片端から声をかけていたはずである。十年まえなら、おくみの貯えもたいしたものではなかろうが、少しずつせびっていたに違いない。遠まわしながら、ようはこれ以上貸せないと言っているらしかった。

いつの間にか、おくみがたるんだ頬を強張らせて、こちらに眼差しをそそいでいる。立ちすくんでいると、

「――証文、見せようか」

やけに低い声でささやく。べつにそんな、といいかけて息を詰めた。心なしか、おくみの瞳に影のごときものが宿っているように感じる。それは、今までこの女が見せたことのないたぐいのものだった。挑むようなその冥《くら》さから目が離せなくなる。

ややあって、おくみがわずかに視線を逸らした。

――わざとだったんだ。

刹那、頭の隅をよぎった思いが、厚みを増してくる。こぼれた墨があたり一面に広がってゆくようだった。膝が崩れそうになるのを懸命にとどめる。

辰蔵におさとの奉公先を知らせたのは考えなしにしたことと思っていたが、こうなると分かっていたのかもしれない。面白がって、というようなものではなく、根深いなにかを感じずにはいられなかった。

おくみははやばやと亭主を亡くし、子もないまま女ひとりで生きてきた。幼なじみが曲がりなりにも所帯を持ち、娘を育てるさまをどんな心もちで見ていたかは窺いしれない。若いころの辰蔵に何かしらの思いがあったということもあり得る。だからこそ、なけなしの金を貸したのかもしれなかった。

男が身を持ち崩して行方知れずになってしまえば、それ以上の屈託は起こりようもないが、帰ってきたとあってはべつの話である。料亭の仲居なら、さまざまな遊び場のことくらい耳に入っているだろう。あるいは辰蔵に賭場のありかを教えたのも、と湧きおこる疑念に搦めとられ、身動きできなくなった。

おくみが、おもむろに踵《きびす》を返す。厚い背中を見せたまま、ひとりごつようにいった。

「わるいんだけど、そろそろ行かなきゃ」声に開き直ったふうな響きを感じたが、向こうをむいているため、はっきりとは確かめられない。相手が吐息まじりにこぼすのが聞こえた。

「難儀だよねぇ、身内ってのはさ」

うっ、という声が肚《はら》のあたりから洩れる。遠ざかりながら、おくみが声を高めた。

「逃げられないんだもの……こんなときゃ、つくづくひとりでよかったって思うよ」

六

細くのびた眉をひそめながら、直次が唇をむすんだ。おさとはしぜん、俯く格好になってしまう。見るともなく自分の足先が目に飛びこんできた。親指だけが妙に大きく感じられるのは、目に力が入っていないせいかもしれない。

冷たいほど白い月光が中庭を照らし出している。ふだん耳を楽しませてくれる鈴虫の声も、いまは苛立ちをつのらせるだけだった。

おくみと別れたあと、どうやって店まで戻ってきたのかは、どうしても思い出せない。いちち休みをもらってはいるが、帰れば雑用を言いつけられるに決まっている。寄るところもないまま、足にまかせて町をさ迷い歩いていた。

暮れ方となって戻るそうそう直次に呼び出されたのは、急な休みを取ったおさとが気になっていたからだろう。心にかけてくれたことはやはり嬉しく、そのいきおいで、ここ数日の顚末をすべて話した。このまま隠しおおせるとは思えないし、じぶんの苦境を知ってほしいという気もちがまさったのである。

が、直次は話を聞いたあと、むずかしい表情を顔に貼りつけたまま黙りこんでいる。夜の中庭とはいえ人目も気になるし、こちらもいたたまれなくなって、それ以上ことばが続けられなかった。どれほどの刻が経ったか、さえざえとした光のなかで男の唇がゆっくりと動く。

「一両か――」

そのまま、考えこむふうな間が空く。われしらず背すじに力が入るうち、直次が語を継いだ。

「すまねえが無理だな」

「そんな、用立ててもらおうなんて」

喉の奥から、ほっと息が洩れる。男にそんな金がないことは分かっていたが、思案してくれただけで報われる心地がした。

「いや違う」直次が戸惑いを顔じゅうに広げていう。「無理なのは、おれたちよ」

血の気が引くとはこれか、と思えるような目眩《めまい》が降りかかってくる。とっさに伸ばした手が木槿《むくげ》の枝を摑み、おどろくほど大きな葉ずれの音があたりに起こった。

面を上げると、直次がどこか畏れるような眼差しでこちらをうかがっている。瞳がひどく沈んだ色をたたえていた。

「……あたしと切れたいってこと」

ようやく声が出たのは、しばらくして直次が背を見せたからである。男が首だけひねって気重げに振り向く。拗《す》ねた子どものごとく唇を尖らせていた。

「そういったはずだぜ」

「厄介なお父っつぁんがいるから」

自分のものとも思えぬ低い声がこぼれ出る。直次が眉間にふかい皺を刻んだ。

「皆まで言わせるなって」

「言えばいいじゃない、どうせおしまいなら」

そう口にした途端、痛みを覚えるほどの後悔が突き上げてくる。そんなわけもないと分かっていながら、自分がおしまいと発したために、取り返しのつかないことが定まってしまったような心地に見舞われたのだった。直次が指さきで鬢《びん》を撫でつけながら、舌打ちを響かせる。

「じゃあ、おめえはどうなんだ」

「え」

不意を衝かれ、息がとまる。頬を歪めたまま、男がつづけた。

「大店《おおだな》の手代だから、おれと付き合ってたんじゃねえのか」

「そんな――」

ちがうと叫びたかったが、それ以上声が出なかった。言いよどんでいるうち、直次がふいに寂しげな面もちとなって告げる。

「おれにそういう親父がいるって知ったら、それでも一緒になったか」

「…………」

絶句したまま、身のうちが凍りつく。足元が泥に埋め込まれたかのように重く、爪先の感覚がなくなっていた。

「惚れた腫れただけじゃあ、添えねえってことよ」

それだけ言うとこうべをめぐらせ、今度こそ振り返らずに歩きはじめる。おさとは身じろぎもできぬまま、男のうしろ姿が闇の奥に溶けこんでゆくのを見つめていた。

七

今度きりだよ、とあからさまに苦い面もちを浮かべながら、番頭が懐紙の包みを押しやってくる。おさとは前へのめるようにして受けとると、震える手で紙の端をめくった。一両小判を手に取るのは生まれて初めてだろう。目がくらむほど光っているのかと思ったが、さほどでもなかった。くすんだものを寄越されたのかもしれない。

考えあぐねたすえ、給金の前借りを願い出たのである。親類が重い病で動けなくなって、と理由をつけたが、まるきり嘘というわけでもない。酒や博打も病のようなものだろう。むしろ、体が動くだけ厄介ともいえた。

帳場で受け取るのは気おくれしたものの、杞憂というのはこういうことだったらしい。みじかい間にも店の者たちがひっきりなしにかたわらを通りすぎていったが、だれもおさとのことなど見ていなかった。

日ごろの働きぶりをよしとしてくれたのか、多少の嫌みは言われたものの、案じていたよりすんなりと貸してもらえた。むろん一両もの前借りは痛手に違いないが、これを取り立ての男に渡せば切所《せっしょ》はしのげる。辰蔵には因果を含めて、また旅に出てもらうつもりだった。

「ほんとに、ありがとうございました」

何度目か分からぬ礼をいって膝を起こそうとすると、奥から直次がやって来るのが目に留まる。どんな顔をすればいいのかと惑っているうち、向こうのほうが気まずげに眼差しを伏せた。足を速めて男がそばを通り抜けていくとき、なじんだ匂いが鼻腔をかすめたように思ったが、そう感じたいだけなのかもしれない。

もう終わったのだと胸の裡で繰り返し、今度こそ立ち上がる。先に給金の前借りを思いついていたら、まだ切れずにいられたろうかと考えてしまう自分が腹立たしかった。

言いだすのはかなりの勇気が要《い》ったが、もう一日休みをもらい、さっさと金を返しに行くことにする。期日になるまで待って、取り立て男が店へ乗り込んでくるよりいいと考えたのだった。さっそく親類に薬を買って届ける、といえば話の辻褄も合う。

案の定、女中頭には渋い顔をされたが、これですべてが終わるのだと思えば、晴れ晴れとした心地さえ覚えた。裏口から外へ出ると、高く晴れ渡った空に鰯雲《いわしぐも》が浮かんでいる。昼下がりの大気はからりと乾いて冷たく、どこからか鶸《ひわ》とおぼしき啼き声が響いていた。

急ごうとしなくとも、しぜん歩みが速くなる。取り立て男の居場所など知るわけもないから、辰蔵に聞いて自分で足をはこぶつもりだった。どうにか手に入れた虎の子をあの父親に預けるほどお人好しではない。

四半刻もかからぬうちに、目指す木賃宿が近づいてくる。くすんだ玄関先で訪いを入れると、四十がらみの女中がひとり、気だるげなようすで奥からあらわれた。先日の女と同じかどうかまでは思い出せない。

どうせ客の名まえなど覚えているはずもないから、辰蔵の年ごろと風体だけを告げる。女中は最後まで聞かずに顰《しか》め面となった。

「あんた、あの親爺の娘かね」

「……いいえ、むかし隣に住んでただけで」

とっさに嘘が滑り出る。なぜか、本当のことをいってはいけないという声が頭の芯で鳴り渡っていた。女中は落胆と忌々しさの入りまじった面もちとなって吐き捨てる。

「宿代払ってくれっていったら、いつのまにか逃げ出しやがって」

立て替えてくれないかい、と詰め寄られたが、

「おっ母さんに聞いときます」

その場しのぎの答えを口にして、あわてて背を向けた。女中は鼻白んだふうに舌打ちしたものの、どうせ自分の給金にはかわりがないとでも思っているのだろう、それ以上言いつのってはこない。敷居をまたいで通りを踏んだときには、胸の奥からふかい吐息がこぼれ出た。

が、じき重くぬめったものが胃のあたりにわだかまってくる。木偶《でく》のようにふらふらと歩みだしはしたが、足さきに力が入っていなかった。

秋めいた日和にもかかわらず、一歩あるくごとに肌のおもてが熱さを増す。それでいて、軀の芯はぞっとするほど冷たかった。

どこを歩いているのか自分でも分からぬまま、気づけば店の近くまで戻っている。とはいえ、なかに入ったものかどうか見当もつかなかった。耳の付け根が刺されたように痛み、なにも考えられなくなる。いつの間にか日は傾きはじめており、斜めから差す光がやけにまぶしかった。

「おい」

背後からいきなり声をかけられ、おもわず悲鳴じみた叫びをあげてしまう。まわりを歩いていた幾人かが、首をすくめて怯えた視線を投げてきた。

振り向くと、先日の男が路地から半身だけ乗り出し、こちらをうかがっている。足がすくんだ

ものの、逃げ出すわけにはいかなかった。

爪先を引きずるように近づいていくと、男の陰に蹲っているものがあることに気づく。半白のあたまを抱えて震えているのは、辰蔵に違いなかった。なんでここに、とあげた声に、われしらず咎めるような響きがかぶさる。溜め息を洩らしながら、男が一歩進み出た。

「また、うちの賭場にあらわれてな」

ひといきに目のまえが昏くなる。膝をつきそうになったところへ男の手が伸び、おさとの肘をつかんだ。小袖の布地を通して厚い掌の感触が伝わってくる。男が感情の籠もらぬ声で告げた。

「座りこんだところで一文にもなりゃしねえ」

「……お金は作ったよ」

ほう、という声が相手の口から返ってくる。睨みつけたつもりだったが、眼差しに力が入らなかった。空いたほうの手をかたわらの塀につき、ようやく軀をささえる。男の指を振りほどき、一両の包みが入った胸もとを痛いほど強くおさえた。

昨夜、宿代を払えず逃げ出したあと、父はまた賭場に出向いて、勝負を挑んだらしい。

「そんな、賭けるものなんて持ってるわけが」

だれにともなく声をあげると、男が眉を寄せ、肩をそびやかした。

「金がなけりゃあ元手を貸す。そうして、あんたみてえに取れるところから巻き上げるのが習いなんだ。こんな親父を持ってるなら、それくらい知っとくべきだったな」

返すことばもなかった。結果は当然のごとく大負けで、こんどは二両二分もの借りを作ったという。

「二両二分って」

呆然となって目を下ろすと、しゃがみこんだままの辰蔵が面をあげる。細い瞳に、おびえる童《わらべ》のような光がちらついていた。くすんだ色の唇をひらき、たどたどしい口ぶりで言いつのる。

「か、勝って、こないだの借金払おうと思ってよ」

ひどく重いものが全身にかぶさってくる。死んだ母や直次の面ざしが頭の芯ではげしく明滅した。おさとは父を見つめながら、ひとつ大きく息を吐く。震える唇をゆっくりと開けた。

「――死んどくれよ」

じぶんでも驚くほど冷え冷えとした声がこぼれる。男と辰蔵が息を詰めるのが分かったが、ことばが溢れ出すのを留められなかった。

「なんでこうなるんだよ、頼んであんたの娘に生まれたわけじゃないのに」

す、すまねえと縋《すが》るふうに手を合わせて、辰蔵が後じさる。その動きに引きずられるごとく、おさとは二歩三歩と踏み出した。父が、ひっと怯えるような呻きをあげる。

「悪気はねえんだよ、これっぽっちも」

辰蔵の声はぶざまなほど揺れ、ひび割れていたが、その響きがかえっておさとの胸奥に火を点じるようだった。足もとがふらつくほどの怒りが、軀のうちを経めぐっている。

「言い訳はやめとくれ。そんなこと、何の足しにもなりゃしない」砂利を踏む音が、大きく耳に響く。「悪気なんかなくたって、ひとは死んじまうんだ」

疲れを色濃く滲ませた母の顔が、胸のうちで大きさを増す。亡くなる前の何年かは、端《はた》から見ても体がつらそうだった。父のことをどう思っていたのかは聞けずじまいだが、あたしゃ何のために生きてんのかねえ、というひとりごとは幾度も耳にした覚えがある。目のまえで尻もちをつく小汚い親爺のせいで、あたしもおっ母さんもめちゃくちゃだ、と思った。瞼の裏が熱くなって視界が霞みそうになる。

「――お前さんのいう通りだ」

いきなり耳もとで声が起こったかと思うと、取り立て男が大股で踏み出し、辰蔵の襟首をつかんだ。そのまま、引っ立てるように路地の奥へ押しやっていく。一瞬だけ甲高い悲鳴が洩れたが、男がひと睨みすると、すぐ静かになった。

むりやり立たせた辰蔵を塀に押しつけると、男が懐に手を入れる。いったい何をと思う間もなく、摑み出した匕首《あいくち》を垢じみた首すじに突きつけた。父は声もなく、全身をとめどなく震わせている。

「このとっつぁんには何の恨みもないが」男が抑揚のない声でつぶやく。「ものの一寸もこいつを押しこみゃお陀仏だ」

たしかに悪気なんか要らねえ、とつづけた声が、生まれてはじめて聞くほどの酷《むご》さをたたえていた。足の力がいちどきに抜け、気がついたときには尻の下に固い地面の感触をおぼえている。なんの証しもないが、この男にはそれができるのだ、ということだけはっきりと感じていた。

「こいつはもう、おめえのところにあらわれねえ」

男はしずかな眼差しでおさとを見下ろしていった。膝と膝とがはげしくぶつかったが、留めることができない。急にまわりが赤くなったと思ったら、差しこむ夕日がすっかり茜色に染まっていた。

「お父っつぁんをどうするの」

それは聞かなくていい、というささやきへ被さるように辰蔵が叫びをあげる。が、突きつけた匕首をわずかに男が押すと、何度もおおきく痙攣《けいれん》しながら、うわずった声を呑み込んだ。

「どうして……」

ようやく絞り出したじぶんの声が遠いところで聞こえる。男が自嘲めいた笑みを唇《くち》もとにのぼせた。

「おれにも娘がいてな……あんたより、うんと下だが」

どこでどうしてるか、もう分からねえ、と口にしながら、路地の奥へ辰蔵を引っ張ってゆく。父はされるがままになっており、まるで糸の絡まった傀儡《くぐつ》のごとく見えた。

「ねえ……待ってよ」

そばの塀へ爪を立てるようにして立ち上がる。呼びとめてどうしたいのか自分でも定かでなかったが、そうせずにいられなかった。

足を止めぬまま、男が振りかえる。こちらへ向けた目の色が、おそろしいほど溟く沈んで見えた。

「親父さんを助けて、女郎になるかい」

「それは……」

口ごもっていると、とつぜん男がはかなげな口調になっていう。

「あんたの親父は、もう立ち直らねえ。いまどうにかしても、おなじことの繰り返しだ」

おもわず息を呑んだが、そのことばを否むすべはなかった。相手は色のわるい唇を噛みしめ、籠もった声を発する。

「戻れねえんだよ、いちど踏み外したら」

つぶやきながら、瘧《おこり》にかかったごとく震えつづける辰蔵へ視線を落とす。「おれもこいつも」

「…………」

言いたいことは限りなくあるように思えたが、なにひとつ声にならなかった。

するうちにも、男は辰蔵を引きずりながら一歩ずつ遠ざかってゆく。とうに声など出なくなっているらしく、父は時おりびくりと肩を震わせ、何かを乞うような眼差しをおさとに向けてくるだけだった。その面もちも路地の暗がりとまばゆい斜光にまぎれ、見定めにくくなっている。

――あたしが、死んでくれと言ったから……。

はげしい身振いが全身を覆う。男が辰蔵をどうするつもりなのかは分からなかったが、何が起こるにせよ、父の姿を目にするのは最後かもしれないと感じる。それを招いたのが自分なのかと思うと、伸《の》しかかるものの重さに目が眩んだ。

が、やめてと縋って父を返してもらったところで、男のいう通り、おなじことになるのは目に見えている。むろん自分で殺す気などなかったが、いなくなってほしいと願ったのは、ほんとうだった。

惑うているうち、男と辰蔵の姿はひと足ごとに小さくなり、広がりはじめた薄闇の向こうに消えてゆく。追うべきかと思ったが、足が動こうとしない。前だけでなく、後ろにも踏み出すことができなかった。冷たい汗が絶え間なく首のうしろを流れ落ちてゆく。

差しかかる夕日のなか、かすかにうごめく影が目に留まった。瞳を凝らすと秋茜が一匹、羽を震わせながら橙色の光に焙《あぶ》られている。おさとは立ち尽くしたまま、じぶんの軀が少しずつ黄昏のかがやきに染まってゆくのを感じていた。

さざなみ

一

四畳半の隅にふたり分の布団を重ねて置くと、あとはいくらも空いたところが残っていない。だが、このひと間で顔を突き合わせる相手がおさくだと思えば、苦にならないのも確かだった。

勝次《かつじ》は布団のまわりに枕屏風《びょうぶ》をめぐらせると、膝をついたまま背後を仰いだ。おさくは古ぼけた神棚に手を合わせ、なにごとか一心に祈っている。あまりにひたむきな後ろ姿に声をかけるのもためらわれたが、

「ひと休みしねえか」

ことさら何げない口ぶりでいった。女が我にかえった体《てい》で振りかえる。

「ええ」

とみじかく応えると、土間の甕《かめ》から水を汲み、縁の欠けた湯呑み二つにそそいだ。手早く勝次と自分のまえに置く。

引っ越しといっても、若い夫婦の荷物などたかが知れている。あとは仕事道具の鑿《のみ》や鉋《かんな》をどこに置くかさえ決めれば、残りはおのずと定まってくるはずだった。少しばかり息をついても差支えはないだろう。

向かい合うかたちになった決まり悪さをまぎらすように、わざと音立てて湯呑みを啜った。生ぬるい水が、いくぶん閊《つか》えながら喉を通ってゆく。正面に視線をもどすと、おさくが膝をそろえて擦り切れた畳に両手を突いていた。

「……おい」

止めようとしたが、

「いっぺんだけ言わせてください」

やわらかくはあるものの、きっぱりした口調でさえぎられる。勝次も居住まいをただして、おさくの小柄な軀《からだ》を見つめた。女がその眼差しをかわすように頭を下げる。きれいに整えられた髷《まげ》が、そこだけべつの生きものでもあるかのごとく震えていた。

「ありがとうね――」

あたしのような女を引き受けてくれて、とつづけたかすれ声を払いのけるように、勝次は身を乗りだした。

「違うだろ、おれが頼みこんで来てもらったんじゃねえか」

おさくが顔をあげ、否むふうにこうべを振ったが、それは本当のことだった。

幼なじみのおさくが源太《げんた》という猪牙舟《ちょきぶね》の船頭と所帯を持ったのは、三年まえのことである。勝次は見たこともない相手だったが、やはり船頭をしているおさくの父とは出入りする船宿がおなじだったらしい。父親が男を気に入り、たびたび家に連れてくるうち話がまとまったようだった。が、子もさずからぬまま、一年半ほどして、おさくは実家に戻ってきた。源太がやくざ者に刺されて死んだという。くわしいことはとても聞けなかったが、ふたりで川べりをそぞろ歩いているとき、裏道からあらわれた男にいきなり襲われたらしい。博打がらみの悶着といったところだろうが、慣れた相手だったと見え、下手人は行方を晦《くら》ましたままである。おさくは、端《はた》から見ても魂が抜けたような有りさまとなっていた。

それからさらに一年が経ち、いくらか落ち着いたころを見計らって、女房にと勝次が乞うたのである。おさく自身はいいも悪いもまだ考えられる様子ではなかったが、娘の身を案じる両親が一も二もなく賛同した。あたらしい縁をつかんで出直してほしいと思うのは、ごく当りまえの親心だろう。勝次もそれを見越していたところがある。

口にすることはなかったが、子ども時分からおさくを想いつづけてきた。色が白く、おとなしいおさくはそれほど友だちもおらず、ひとりで退屈そうにしていることがよくあった。勝次自身、友だちの多いほうではなかったから、しばしば声をかけて長屋の外へ連れ出していたのである。たいていは小名木川《おなぎがわ》のほとりで石投げをしてみせたり、寺の境内で蟬を取ってやったりした。おさくが自分から何かしたいということはほとんどなかったが、勝次が遠くまで石を飛ばしたり、大きな蟬を取ったりすると、

「すごい」

と透き通った歓声をあげる。それが嬉しくて、日が暮れるまで石を投げつづけたこともある。いま思えば、おさくも疲れていたに違いないが、すっかり暗くなってもしずかに笑って勝次を見つめていてくれた。

いずれは女房にと願っていたが、言いだす勇気がなかった。おまえを女として見ているのだと口にした瞬間、困惑まじりの目を向けられ、これまで培《つちか》ってきたものが壊れたらと思うと、どうしてもできなかったのである。

そうして逡巡をかさねるうち、おさくは知らない男のところへ行ってしまった。嫁入り話が出たときには、むろんいっしょに遊ぶような齢でもなくなっている。勝次は住みこみで大工修業に出ていたが、たまさか長屋へ帰ったとき、祝言間近のおさくたちを見かけたことがあった。

たしか真夏だったと思う。男がおさくの実家をたずねていたらしく、ちょうど表に出たところで暑い暑いとこぼすのへ、おさくが明るい笑声をあげながら手拭いを取りだした。離れて立つ勝次にはふたりとも気づく素振りすらなく、わざとらしく突き出した男の額や頬をおさくが丹念に拭っている。その手つきがやけに親密で、居たたまれないのに動くことができなかった。

こちらを向かれたらおわりだと思ったが、ふたりは一度も振りかえることなく、背を見せたまま長屋を出ていく。角を折れる直前、男のほうが一瞬だけ勝次に視線を寄こし、くっきりした目鼻を意味ありげに歪ませた。幼なじみの話など聞いているとも思えぬが、勝つことになれた者は、自分が踏みつけた相手を見逃さないのだろう。

一度だけ見たその男は、やはり源太だったらしい。とうとうおさくが嫁いでいったと聞いたときは、おのれの不甲斐なさに歯嚙みし、眠れぬ夜をいくつも過ごした。

――せめて惚れているといえばよかった。

と思った。そうすれば、たとえ断られても、これほど悔い悶えることはなかったろう。その場しのぎの臆病さが結局はじぶんを追い詰めていくのだと悟ったが、もう遅かった。

だからこそ、おさくが帰ってきたときは迷わなかったのである。またあんな気もちを味わうくらいなら、なんだってできると覚悟を決めた。

もうそういう気にはなれない、というのが最初の返事だったが、それくらいは織り込み済みである。間を置いて何度もおさくの家をたずね、おなじことを懇願した。長屋の連中に呆れられ、笑われていることは知っていたが、苦にもならない。

女が自分をどう思っているのかだけは聞けなかったが、とうとう根負けするかたちで、

「……ほんとに、あたしみたいなのでいいなら」

といってくれたから、すくなくとも嫌いではないのだろう。それでじゅうぶんだった。あのときもだが、今しがた、あたしのような女、といったのは、やはり寡婦《かふ》になったいきさつを気にしているに違いない。不憫《ふびん》ではあったが、何もかも一からはじめるつもりで、新大橋ちかくの常盤《ときわ》町《ちょう》に引っ越してきた。だれも知り合いのいないところを選んだのである。これからは、じぶんがおさくを癒してゆけるのだと思うと、どこか誇らしげなものさえ感じていた。

「――ゆっくりやろうぜ」

快活な声をあげ、にこりと笑ってみせる。おさくも強張っていた頰をゆるめ、わずかに唇をほころばせた。

二

「にやけ面《づら》、見せつけやがって。気ぃ抜いて、しくじるんじゃねえぞ」

朋輩の仙吉《せんきち》がからかい半分、叱責半分の声をかけて鉋を動かす。勝次はならんで鑿を研ぎながら、

「羨ましいんなら、そのにやけ面とやらを拝んでもいいぜ」

相手に向けて大げさに顔を突き出した。まだそこまで落ちぶれちゃいねえやと、なかば呆れてこぼした仙吉が、削りおえた檜《ひのき》を抱えて親方のほうへ近づいてゆく。勝次はひと息ついて、額に浮き出た汗を拳でぬぐった。

三百坪はあろうかと思われる平地《ひらち》に木組みが据えられ、やむことなく槌音《つちおと》が響いている。どこぞのお大尽《だいじん》から請け負った仕事で、押上村《おしあげむら》の別宅を建てなおすというものだった。旧宅の解体は先月のうちに終わり、あたらしい普請が始まったのである。金というのは、あるところにはいくらでもあるものらしかった。

年季奉公は明けたが、結局は修業のとき世話になった親方から仕事をもらって食いつないでいる。これまではそうした境遇で満足していたものの、おさくを女房に迎えたことだし、いずれは自分も親方と呼ばれる身になりたいと思いはじめていた。にやけているつもりはないが、そうした心もちが面に出ていることはあるかもしれない。仕事にいっそう身が入っているのも確かだっ

た。

敷地に咲きほこる桜の花びらを透かして頭上を仰ぐと、ふかく蒼い空の奥を、鳶《とび》とおぼしき影がめぐっている。ほとんど黒い点のようにしか見えない高さだが、かすかに、だがはっきりと啼き声まで聞こえてきた。

目を手もとに戻そうとして、つかのま動きが止まる。視界の隅に何か引っかかるものを感じたのだった。が、面を向けることはせず、鑿を握り直しながら上目遣いに眼差しを滑らせる。

敷地の外にたたずみ普請を見物していた町人が、おもむろに歩を踏み出すところだった。どこといって特徴のない三十男だが、目つきだけがやけにするどい。それ以上たしかめる間もなく、背を見せて足早に立ち去っていった。

「――にやけ面の次は手が止まってるときたぜ。しょうのない野郎だ」

戻ってきた仙吉が、本気で呆れたような声をあげる。勝次は苦笑だけ返して、鑿の先を檜に押し当てた。槌で柄を叩いてめり込ませる。抉《えぐ》られた木肌が薄い皮のようになって反りかえり、音もなく足もとに落ちた。

三

差しだされた若布《わかめ》汁《じる》を受け取りながら、いま通っている普請場や朋輩たちのようすをあれこれと語る。それほど興味があるとは勝次も思っていないが、おさくはうなずいたり相槌を打ったりして、気を逸らすことなく聞いてくれているようだった。

「近所にも、豪儀なお屋敷がけっこうあってよ」

汁を啜りながら、声を高める。とくべつ仕事の話をしたいわけではなかったが、黙っていることができなかった。沈黙がおとずれると、その底になにが横たわっているのかと考えてしまう。行きつくところ、この女は今しあわせなのだろうかという思いに搦《から》め捕られそうになるのだった。

所帯を持ってふた月になるが、おさくに何ひとつ不満はなかった。仕事場に持っていく弁当も、握り飯と沢庵に菜を添えたくらいのものだが、雑にこしらえていないことはすぐに分かる。うらぶれた長屋住まいも、丹念に掃き清めてくれるから、居心地がよかった。床《とこ》のことは、たがいにまだ遠慮がちなところがあるものの、求めれば拒みはしない。焦がれて得た女房だということを差し引いても、まずは上々の滑り出しといえた。

が、時おり見せるおさくの憂い顔が気にかかっている。むろん、あからさまなものではない。今のように飯や汁をよそったり、叩《はた》きをかけたり、床を延べたりするほんのささいな隙に、ふかい影のごときものが女の面をよぎるのだった。

――無理もねえ。

と心得てはいる。前夫である源太は、おさくの目のまえで刺されたという。ただ死んだだけでも心もちに負う痛手はそうとうなものだろうが、輪をかけてとなることは察しがついた。それでいて、一度だけ見た源太の面ざしが何かの拍子に浮かび、胸がざわめいてしまう。おれも小せえ男だと吐息をこぼしてみるが、だから何かが変わるというわけでもなかった。

「……つぎの休み、どこかへ出かけてみねえか」

食べ終えた膳を片づける後ろ姿に声をかける。おさくは横顔が見えるくらいに振りかえり、かすかな困惑をたたえて首をかしげた。勝次は言い訳じみた口ぶりで語を継ぐ。

「家にいるだけじゃ、おめえがくさくさするだろうと思ってよ」

おさくは微笑を浮かべると、

「あたしは平気だけど、おまえさんがそう言ってくれるなら」

桶に器を入れ、履き物を突っかけた。井戸まで洗いに行くつもりなのだろう。戸に手をかけながら、どこか面映《おもはゆ》げに告げた。

「――桜、まだ間に合うかしら」

勝次が応えるより早く、華奢《きやしや》な背中が宵闇の奥に滑り出ていった。

四

花の盛りは過ぎたから人出も知れていると思ったが、目算が違っていたらしい。桜樹のならぶ飛鳥山《あすかやま》の通りは人波で埋まり、ややもすると歩くのに難儀をおぼえるほどだった。

山といっても、じっさいは小丘くらいの高さにすぎない。それでいて驚くばかりに見晴らしはよく、あふれるような光をたたえた音無川《おとなしがわ》の水面が木の間隠れに望めた。きょうは春霞がかかっているものの、大気が澄んだ日には日光の山々まで目にすることができると聞いている。

飛鳥山の花見では仮装がゆるされる習いだから、狐やひょっとこの面をかぶった男女が見渡すかぎり入り乱れている。そうした群れにまわりを取り巻かれていると、まるで見知らぬ国に足を踏み入れたような心地になった。

「おれたちも、お面くらい持ってくりゃよかったな」

勝次がいうと、おさくが少女のようにはにかみながら、かぶりを振った。恥ずかしいからいい、という意味だろう。ほほえみ返して女の手を取った。

しばらく歩くうち、すっかり人疲れしてしまい、どちらから言うとなく、いくつもならんだ茶店のひとつに足を向けた。ようやく床几《しょうぎ》に腰かけたところで、そろって息をつく。

「えれえ人出だったな」

「でも、きれい」

おさくのことばに誘われる体で、掛けまわされた葭簀《よしず》を透かし、桜並木に目を遊ばせた。なかば葉桜となってはいるが、花弁もまだじゅうぶんに残っている。緑と薄い桃色が混じりあい、どこまでも連なってゆくさまを眺めていると、満開のものとは異なる風情が立ちのぼってくるようだった。

陽気もいいから、いささか喉が渇いている。運ばれてきた茶をむさぼるように啜った。ひといきで半分ほど飲み干したが、おかしなところに入ったのか、噎《む》せかえってしまう。咳きこむ勝次の背を、おさくが急いでさすった。

「ゆっくり飲まないと」

ささやきながら、案じるように顔を寄せてくる。ちょうど団子を持ってきた女中もふくみ笑いをこらえているから、決まり悪さが増した。ことさら無造作に串を取り、あらぬ方へ視線を逸らす。口に入れようとしたところで、息を吞みこんだ。

おのれの目を避けるかのように、三間ほど離れた桜の後ろへひそんだ影がある。こちらが膝を起こす間もなく身をひるがえし、急ぎ足で去っていった。

――あれは……。

脳裡から滲み出てきたものがある。いつだったか、押上村の普請場で敷地の外にたたずんでいた男の姿だった。はっきりした風貌までは覚えていないが、ひときわするどい眼差しが同じだと感じられる。

「……そんなはずもねえか」

頭のなかをまさぐるのに気をとられていたのだろう、心中の声が、ことばになって転がり出た。え、と聞き返されたのを、

「すまねえ、ちょいと仕事のことを思い出しちまって」

慌ててさえぎる。それで納得したらしく、おさくが安堵した表情になって茶を含んだ。細い喉が目のまえでゆっくりと動く。川べりで見かける鷺《さぎ》のような、白く長い頸《くび》だった。

――つまんだら折れちまいそうだな。

ぼんやり考えるうち、なぜか息絶えて横たわる鳥の姿が浮かびそうになって頭を振る。

「――どこかでうまい蕎麦でも食って帰ろうぜ」

なにかに追われるような心もちとなって告げた。おさくが嬉しげな笑みをたたえながら、

「でも、一日でそんなにお銭《あし》を使っちゃ……」

ためらいがちにことばを濁す。勝次はすこし開いていた隙間を埋めるように腰を寄せ、正面から女の目を覗きこむ。おさくは問いかけるふうな色を瞳に浮かべたまま、黙って見つめ返してきた。

つかのま、周囲の喧騒が途絶えたように感じる。勝次は粘つく唇をおもむろに開いた。

「いいんだ、そうさせてくれ、今日はそうしてえんだよ」

五

行灯《あんどん》は吹き消したものの、瞼《まぶた》の裏にかがやきの名残りがちらついている。おさくは横になるやいなや寝息を立てていた。いちにち歩き詰めだったから疲れたのだろう。

それは自分もおなじはずだが、いつまで経っても睡気《ねむけ》はおとずれてこなかった。無理やり目をつぶっても、常よりはやい鼓動が耳の奥で延々と繰りかえされる。それではと瞼を開けてみれば、暗く沈んだひと間の様子がうっすら分かるまで待っても、いっこうに眠くならなかった。

——もしかしたら……。

ともすると、昼間見た男の姿が浮かんでくる。幾度振り払おうとしても、おさくの前夫を刺したやくざ者が捕まっていないという話を思い出してしまうのだった。なにかわけあって、殺した

男の女房までつけ狙っているのだとしたら、と思うと背すじに怖気《おぞけ》が走る。とはいえ、すべて思い過ごしという目も否めないだろう。

いつの間にか、痛いほど喉が干上がっている。勝次は煎餅布団から這い出すと、土間に下りて柄杓《ひしゃく》で甕の水をすくった。そのまま喉へ流しこんだが、どこか生ぐさい匂いが軀の奥に沁みてくるようで、吐き出したくなる。

なにげなく目を飛ばすと、闇のなかにおさくのうなじが仄白《ほのじろ》く浮き上がっていた。壁のほうを向いて眠っているらしく、規則正しい寝息が聞こえるたび、肩のあたりが小さな動きを繰りかえす。勝次は土間に立ちすくんだまま、女のかたちに盛り上がった布団を見つめつづけた。そうしているうち、わずかながら気もちが落ちついてくる。

——もう寝ねえと。

明日はやはり、早朝から押上村の普請場へ行くことになっている。せめて横になっておかねば保《も》たないだろう。

「…………」

四畳半へ上がり、布団に片足だけ入れたところで動きを止めた。隣で横たわるおさくが、何かつぶやいた気がする。目を覚ましたようすはないから、夢でも見ているのかもしれなかった。

暗闇にすっかり目が慣れ、布団から痩せた肩が出ているのに気づく。暖かすぎるほどの夜だから、少しはだけたものらしい。掛けなおしてやろうと思い、そっと手を伸ばした。

次の瞬間、勝次はうっと呻《うめ》いて、おさくの顔に耳を寄せた。眠ったままの唇から、途切れ途切れに声が洩れている。

「げん、た……」

躯が震えだすのをかろうじて止めた。耳を覆いたくなったが、上体はひとりでに動き、女の唇に触れる寸前まで顔を近づけている。おさくが苦しげに眉を寄せているのが、はっきり目に留まった。

げんた、という声が今いちど耳朶《じだ》を刺す。聞き違いだと思いたかったが、そうでないことは分かっていた。崩れそうになる躯をどうにか支えるうち、ことなる響きがおさくの喉を震わせる。

「……かんにんして」

六

右の頬がやけに熱いと感じたら、横ざまに差しこむ夕日がそのあたりを焙《あぶ》っていた。呆けたようになって歩きつづけていたから、まぶしいのにも気づかなかったらしい。かたわらでは小名木川の流れがいちめん茜色になってたゆたっている。こんな体たらくでも足が勝手に家路を辿るのだから、ひとというのはしぶとい生きものだと思った。

当然というほかないが、あれからひと寝入りすることさえできず、きょうはさんざんな一日となった。眠いのかどうか自分でも定かでないものの、たびたび放心して仕事にならない。親方に叱責されているうちはまだよかったが、とうとう呆れられ、

「具合が悪いなら、早めに帰《けえ》りな」

なかば追い出される体で押上村を出たのである。朋輩の仙吉も、はじめて見せるような案じ顔を浮かべて見送っていた。

とはいえ、あまり日が高いうちに帰っては、おさくが不審に思うだろう。茶店へ寄ろうにも、散財してしまったところだから先立つものがなかった。どこへと考えることもできぬまま、歩いたり立ち止まったりするだけで刻《とき》をついやしていたのである。いっそ道に迷って帰れなくてもいいと思ったが、じりじり長屋に近づいているおのれが忌々《いまいま》しかった。朝は忙しさにまぎれてごまかしたものの、どんな面をしておさくに向き合えばいいのか見当もつかない。嘲《あざけ》るような声を立てながら、薄汚れた野良猫が一匹、眼前を横切っていった。

――やっぱりあいつは……。

いくら目を背けようとしても、湧き上がってくる渦に呑まれそうだった。足に力が入らず、一歩あるくごとに腰のあたりがふらつく。

おさくが死んだ亭主をまだ想っているとしても、責める筋合いはなかった。むしろ、そんなことは呑みこんだつもりでいたのである。

が、いざ自分の目と耳にそれを突きつけられると、平静などというものは跡形もなく消し飛んでいた。驚くほどさまざまな思いが肚《はら》の底から這い出し、おれはこんなことを考える男だったのかと、空恐ろしくなる。亭主が忘れられねえなら嫁になんて来なきゃいいんだ、と逆恨みめいたものが込み上げてきたときには、おのれの身勝手さに慄然とした。

なかんずく胸を刺すのは、かんにんして、という言葉だった。勝次といっしょになったことを後ろめたく思っているのだとしたら、誰ひとり救われない。

惑ううちにも知らずに足は動いて、長屋の木戸が目に飛びこんでくる。遊んでいる子どもの影はまだちらほら見受けられるが、夕餉《ゆうげ》も近いから、女たちの姿はひとつもうかがえなかった。おさくもきっと、飯の支度をしているのだろう。

井戸端を通りすぎて歩をすすめた。勝次たちの住まいは奥から二番目にある。どん詰まりの一軒は最近空いたばかりだから、よけいにひっそりしていた。もう少し長屋の入り口に近い家がいいと思っていたが、今日だけはその距離をありがたく感じる。が、もともとちっぽけな裏長屋だから、じき古ぼけた腰高障子が目のまえに立ちはだかった。

引き返したかったが、もう行くところもない。唾を呑む音を耳の深いところで聞きながら、指さきに力をこめて戸を滑らせた。

「――おかえりなさい」

屈託なげなおさくの声が土間に響く。やはり、竈《かまど》のまえに立って飯の炊き具合をたしかめていた。

ああ、と籠もるような声をかえして足をすすぎ、そそけだった畳にあがる。道具箱を置くなり、土間へ背を向け横になったのは、じっさい疲れていたのか、なるべく話をしたくないと軀でしめしたつもりなのか、自分でも分からなかった。おさくは何もいわず、夕餉の支度をつづけている。竈から発した熱が背に染みとおってくるようだった。

いつの間にか眠っていたらしい。目を開けると、おさくが飯と汁の椀を膳にならべているところだった。勝次が起きたのに気づき、どこかしら不安げな微笑を向けてくる。

「できたけど……」

何かあったの、という声を押しのけるように跳ね起きた。いきおいに戸惑うおさくを置いて、神棚の後ろに隠してある巾着を取りだす。なけなしの貯えをいくらか摑んで懐に入れると、呑んでくる、とだけ言い捨てて草履を突っかけた。

おさくが何かことばを掛けてきたが、耳に入るより早く表に駆け出している。どうしたらいいのか分からないのだろう、女も追ってはこなかった。長屋の木戸を抜けるとき、どこか見覚えある影が視界の隅をかすめたように感じたが、振りかえる気になどならない。足が動くままに、薄暮の裏道を走りすぎていった。

その影が何か、ようやく思い至ったのは、駆けるのにも疲れて、小名木川の岸辺に座りこんだときである。足は痙攣《けいれん》するように震え、全身が汗みずくになっていた。

押上や飛鳥山で見かけた男に違いないと思えたのだった。なぜこんなところにいるのか分からないが、やはりおさくをつけ狙っているのかもしれない。喉の奥に泥のかたまりを押し込まれるような心もちに見舞われた。

目を飛ばすと、川面がいつもより随分と波立っている。いちにち放心して空もようなど見ていなかったが、明日は天気が崩れそうだと思った。

肩がはげしく上下するのにまかせるうち、乱れた息が少しずつおさまってくる。夜風に撫でられた頬が思いのほか冷えていて、ぶるっと背すじが揺れた。男のするどい目がどこからか自分を見据えているような心地がする。俯きがちなおさくの面もちが、それに重なった。

のろのろと立ち上がり、尻のあたりをはたく。

——戻らねえと。

飛び出してきたばかりだから、いかにも体裁がわるかったが、そんなことを言っている場合ではないかもしれない。恐れる気もちが湧きだしそうになるのを懸命にこらえた。おさくを苛《さいな》もうとするやつはただじゃおかねえ、とおのれを鼓舞するごとく声を発し、川に背を向ける。心なしか、水の流れる音がひときわ大きくなったようだった。

七

川が荒れていると感じたのは間違っていなかったらしい。翌朝から降りだした雨は二、三日つづくうちにいっそう強さをくわえ、今日も風を孕《はら》んで吹きつけている。季節外れのせいか、かえって勢いがあった。勝次は全身濡れ鼠になって路地裏を歩いている。自分が行くというおさくに言い含め、豆腐を買いに出たのだった。

押上村の仕事はとうぜん休みつづきで、長屋のうちに閉じ込められた格好でいる。よりによってこんなときにと思うが、四畳半ひと間でおさくと顔を突き合わせなければならなかった。

あの夜、いそいで駆け戻った勝次をおさくは何もいわずに迎えた。それとなく聞いてみたが、出ていったあと、とくに胡乱《うろん》な者の気配は感じなかったらしい。とはいえ、だから安心というわけでもない。休みにならなかったら、普請場にいても仕事が手につかなかっただろう。気づまりではあるが、大風のおかげで昼間から戸締りをしても不審がられることはなかった。

それでいて、安堵して床につけるわけでもない。おさくがまた源太の名を口にするのではと思うと眠ることもできず、背を向けて横たわり、耳だけ研ぎ澄まして夜をやり過ごしている。あのあと一度だけだが、やはりおさくは前夫を呼んでいた。これまで知らなかっただけで、時おりそうしたことがあったのだろう。気がつくと、暗いひと間の隅で女の肩を見やりながら鑿を握っていた。おれは何を、と背すじに震えが走り、眠れもしないのに布団へもぐりこんで頭からかぶる。

明け方まどろむくらいがせいぜいだから、幽鬼のような面もちとなっているに違いない。おさくは案じ顔を隠そうともせず、具合でもわるいの、と幾度も聞いてくる。そのたび無理やりに唇《くち》もとをゆるめ、

「いや、心配ねえ」

とだけ応えていた。まさか自分の寝言が因《もと》になっているとは思うまいが、それ以上問い詰めてこないのは、本人も知らぬうちに危ういところを避けているのかもしれない。

思いをめぐらすうち、雨に煙《けぶ》った長屋の木戸が見えてくる。吹きつける風に背中を押される体で、ためらう間もなく、わが家の腰高障子を叩いた。心張棒の外れる音と同時に、土間へ飛びこんでいる。豆腐の桶を流しへ置くまえに、おさくが何枚もの手拭いを取って駆け寄ってきた。軀じゅうから滴《しずく》がしたたっているから、どうしたものかと惑っているふうだったが、まずは顔から

拭こうと決めたらしく手を伸ばす。

　そちらへ頭を突き出しかけて、にわかに動きがとまる。夏の日に、男の汗を拭いながらこぼしたおさくの笑みを思い起こしたのだった。

「じぶんでやれるって」

　勝次はひったくるように布切れを取り、鬢《びん》のあたりをごしごしと擦った。女の眉宇《びう》に悲しげな色が走ったが、苛立ちを抑えることができない。

　が、着物を替えたあとは、つとめて頬のあたりをやわらげた。話がはずむとはいかぬまでも、ぽつぽつことばを交わしながら、夕餉をすませる。そのあいだにも風がつよさを増し、門口に吹きつける雨音はひたすらつのっていった。小名木川が溢れ出さないか心配になったが、どうとでもなれという捨て鉢な気もちがまさっている。

　むりに話柄《わへい》を見つけるのも気重だから、心張棒だけ念入りに支《か》って、はやばやと床についた。どうせ寝られはしないと思っていたが、吹き荒れる風音に耳がふさがれているせいか、ふしぎなほど脳裡には何も浮かばず、数日分の眠気がひといきに押し寄せてくる。

　どれくらい刻が経ったのか、ふと目を覚ますと、背中にあたたかいものを感じている。雨風のいきおいはまだ衰えを見せておらず、安普請の柱が絶え間なく軋《きし》み音をあげていた。

　身動きできぬまま、心もちを背後に向ける。風が叫び声をあげるたび、遠慮がちに勝次の肩を抱くおさくの指先に力が籠もった。わずかながら、たしかに軀が震えている。嵐におびえ、亭主の床にもぐりこんできたようだった。

女の吐息が首すじにかかり、温もりが総身に広がってゆく。

おさくが抑えた声音で告げた。返事はしなかったが、眠っているかどうかくらい、わずかな呼吸の違いで分かってしまうのだろう。

「……起きたの」

するうちにも、つむじ風のごときものが屋根の上を吹き抜けてゆく。どこかで何か裂けるような激しい音が耳を刺した。おさくがびくりと身をすくめ、勝次の背にしがみつく。ひとりでに手がうごいて、女の指さきを包んでいた。きつく力をこめると、応えるように握りかえしてくる。

勝次は身をひねると、おさくの肩を抱いて思いきり唇を吸った。この数日忘れていた高ぶりがよみがえってくる。自分でない何者かに衝き動かされているようだった。

女はさほど惑うようすもなく身をゆだねてくる。嵐がひときわ大きな唸りを立てた。やわらかな耳朶を噛みながら、おさくの胸もとに手を差し入れる。指さきに力をこめると、拒むような寄り添うような動きで女が背を反らした。ことさら荒々しく襟をはだけ、仄明《ほのあ》かりに浮かんだ乳房を口にふくむ。あっという呻きと、つづいてこぼれた喘ぎが耳に迫った。

「かつじ……」

熱くなった頭に、自分の名を呼ぶおさくの声がはっきりと刺さる。その瞬間、なぜか木の棒で殴られたような衝撃が走った。とっさに女の胸から顔を離す。

「――源太もこうやって吸ったのか」

喉が勝手に動き、自分のものとも思えぬ声を発していた。しまった、と背すじが強張る。おさくはうねらせていた身をぴたりと止め、怯えたような瞳でこちらを見上げていた。すまねえというつもりが、その眼差しにそのかされる心地で、まったく違うことを口走ってしまう。

「源太のほうが、よかったんだろう」

これだけは言っちゃいけねえと肚に決めていたはずのことばが、つぎつぎに連なっていく。身を起こしたおさくは胸もとを合わせることさえ忘れ、ぶるぶるとこうべを振っていた。わななく唇から、かろうじて聞き取れるほどの声が洩れる。

「ちがう――そんな」

「違わねえっ」まるでべそを掻いている童のような叫び方だった。「名まえを呼んでたじゃねえか、眠ってるあいだ何度も」

おさくの顔から、いっせいに表情が抜け落ちる。この女は何もわるくないのだと思いながら、堕ちていくのを留めることができなかった。おさくは呆然となったまま、身じろぎひとつしない。黒く染めあげたような焦りと憤りが、勝次の全身を浸していった。一度だけ見た男の横顔が、嘲るふうな笑みをたたえて頭のなかに広がる。

「源太だったらって思いながら、おれと寝てたのかよっ」

その叫びが虚空へ尾を引くあいだに、おさくがゆらりと立ち上がる。息を詰めて見守るうち、ものも言わずに身をひるがえした。呼びとめるより早く、はだしで駆け出していく。倒れた心張棒が、鈍い音を立てて土間を叩いた。

開け放たれた戸口から、叩きつけるような雨が流れ込んでくる。閉めるのも忘れて勝次はうっそりと腰を起こした。ひとりでに手が動き、道具箱から鑿を取りだしている。それで何をするつもりなのかは自分でも分からなかった。

おさくの跡を追って雨のなかに飛びだす。長屋の木戸はとうに閉まっている時刻だが、大風でやられたらしく、戸が半分に裂けて路地のほうへ倒れ込んでいた。さいぜんの物音は、これだったのだろう。そこから裏道に出てあたりを見まわすと、煙る雨に掻き消されそうな後ろ姿が、かすかに見分けられた。糸で引きずられるように、女の足どりを辿る。

頭のなかがひどく冷たいようでもあり、爛《ただ》れるくらい熱いとも感じていた。真っ向から吹きつける風にさらされながら、腿だけを動かしつづける。気がつくと、いつかの岸辺に辿りついていた。

漆黒に塗り籠められていた空が薄れ、あたりに藍じみた色が広がっている。目のまえでは土色に濁った流れが渦を巻き、いつ溢れ出してもおかしくないほど猛《たけ》り立っていた。

おさくはあと何歩か進めば川に落ちるというあたりに立って、溟《くら》い水面をぼんやり見つめていた。おのれがどうしたいのか判然とせぬまま、声を張りあげて女の名を呼ぶ。風に消されて聞こえはすまいと思ったが、おさくはひどくゆっくりとした動きで振りかえった。勝次が手にした鑿へ視線を落とし、哀しげに目を細める。もう一度背を向けると、濁流に向かってひとあし踏み出した。

「おいっ」

考える間もなく駆け寄り、女を抱きとめようとする。おさくは驚くほどつよい力で抗《あらが》い、鑿でかすった手の甲から血が流れだした。おもわず一歩引くと、女が光の消えた眼差しでこちらを見据える。おもむろに唇と喉が動き、はじめて耳にするようなしゃがれ声が聞こえた。

「……あたし、呼んでたんだね、あのひとの名まえ」

忙しなくうなずき返す。その動きにつれて、顔じゅうにまとわりついた滴があたりに散った。面を伏せたおさくが、低い声でつづける。

「毎晩、夢に見てたから」

重いもので殴りつけられたような痛みを頭の奥に感じる。いっそ手にしたままの鑿を、じぶんの目や耳に突き立てたかった。その心もちを察したのかどうか、おさくが震えるような吐息をこぼす。

「いつも血だらけで恨めしそうに――」

えっ、という間もなく、顔をあげた女が、嵐を押しのけるように叫んだ。

「あたしが刺したんだよっ、源太を」

呆然となって立ちつくす。おさくが一歩あとじさり、濁流に近づいていった。留めるふうに手を伸ばすと、女が目を閉じてかぶりを振る。そのまま、ほとばしるような勢いで語を継いだ。

父親のすすめで嫁いだものの、源太は気風《きっぷ》のよさと裏腹に、ひどく堪え性のない男だった。すこしでも気に入らないことがあると、すぐに手や足が出る。それも、外から見えにくいところばかりを狙って、しばらく起きあがれなくなるまで打ち据えるのだった。耐えかねて親もとへ帰ったこともあったが、そのたび人がかわったようなしおらしさで迎えにくるから、両親もことの重さが分からない。連れ戻されたあとはさらに苛烈さが増し、今度逃げたらふた親を殺してやると脅された。

「それであいつを……」

喉から押し殺した声が洩れる。いつのまにか、掌が痛くなるほど拳を握りしめていた。

が、おさくは童女がいやいやをするように、こうべを振った。みずからを支えるふうに額へ手を当て、ひとことずつ告げる。

「そうじゃない」

「え？」

息が空回りするような音が喉の奥で響く。おさくは淚い眼差しをあげると、やけに聞き取りにくい声を発した。

「あのひと、よそに子どもができたの」

ある夜、さんざん打たれたあと、べつの女と所帯を持ちたいから切れてくれといわれたらしい。

源太に抱いていた恐怖が、そのときを境に変わりはじめたのかもしれなかった。

「餓鬼も孕めないんだから文句はねえだろっていわれて……」

女が色の失せた唇をきつく嚙みしめる。赦《ゆる》せなかった、というささやきがかろうじて聞こえた。

源太を夜の川べりに誘《いざな》ったのは、それから数日ののちである。さいごに一度話をしたいといえば、不審がられることはなかった。人気《ひとけ》がないところを見澄まして後ろから出刃で刺し、自身番には、やくざ者に襲われたと告げる。さまざま詮議も受けたが、船頭ひとり刺されたところで本気になる町方など、そうはいない。よくある揉め事のたぐいとして片づけられたようだった。

おさくが、勝次の鬢に目をやってつぶやく。

「だから、あんたが手を汚すことなんかないんだよ。あたしが自訴すれば、それで」

「——じゃあ、そうしてもらおうか」

耳なれぬ声がどこからか響いた。勝次は引きずられるようにそちらを向く。滝のごとく降る雨を掻き分け、黒い影が肩を揺らしながら近づいてきた。おさくが息を呑む気配が伝わる。

「おめえは……」

われしらず、重い呻きが洩れる。雨の向こうからあらわれたのは、幾度か見かけた三十男に違いない。特徴のない顔立ちはそのままだが、眼差しには怖気を振るうほどするどい光がみなぎっていた。男が舌打ちして勝次を見据える。

「口の利き方を知らねえ野郎だ。親分と呼びな、三河町《みかわちよう》の銀蔵《ぎんぞう》ってもんだ」

むろん顔を知るはずはないが、名には聞き覚えがあった。凄腕の岡っ引きと評判の男だろう。三河町は、おさくと源太が所帯をかまえていた長屋からも遠くないはずだった。

そうと分かった途端、ぶざまに足が震えだし、膝をつきそうになる。銀蔵は嘲るふうに頬をゆがめると、視線を動かし、おさくを睨《ね》めつけた。

「嵐のなか、飛び出していきやがって……こっちもずぶ濡れになっちまったじゃねえか」そこまでいって、粘つくような笑みを浮かべる。「が、おかげでようやく尻尾をつかめたぜ」

事件後しばらくして、源太の女が自身番に駆けこんできたらしい。勘というほかないが、もう一度調べてくれと懇願したのだった。だが、呑み屋づとめというその女が、いかにも自堕落な風だったこともあり、与力や同心は相手にもしない。なかで銀蔵だけは引っかかるものを覚え、その後もおさくを張っていた。亭主を刺された女にしては、どこかしら安堵したふうな面もちが気にかかったという。

引っ越してあたらしい所帯を持ったのも承知していて、空きが出てからは長屋でいちばん奥の一軒に身をひそめていた。勝次たちの隣家ということだろう。おさくとの遣りとりを聞かれていたかもしれないと思うと、胃の腑を氷柱《つらら》で撫で上げられるような心地に見舞われた。

「おとなしそうな顔して、油断のならねえ女《あま》だ」

銀蔵がどこか疲れた声で呼びかけながら、おさくの方に足を踏み出す。「事情《わけ》の二つ三つくらいはあるだろうが、どのみち死罪は免れねえ。あの世で亭主に……」

詫びな、といいかけた声が、絶叫にとって代わられる。目を見開いた銀蔵の首すじに勝次の鑿が突き立っていた。目明しは震える手をぶらぶら揺れる柄に伸ばそうとしたが、摑むまえに倒れこむ。

おさくは片手で口を覆ったまま、声もなく立ちすくんでいる。勝次は女から目を逸らすと、すでに骸《むくろ》となった銀蔵から鑿を引き抜いた。勢いよく血が吹きだし、脛《すね》のあたりをどす黒く染めたが、降りしきる雨に洗われて岸辺の土に吸い込まれる。爪先に力を籠めて押すと、銀蔵の軀はゆるやかな傾斜をくだって転がり落ち、音を立てて川のなかに没した。息を詰めて見守るうち、ぷかりと浮いた骸が濁流に見え隠れしながら遠ざかってゆく。

「――今のうちに逃げよう」

勝次は鑿を握りなおしていった。銀蔵の死骸がいつ見つかるかは分からないが、誰かしらとつなぎを取り合ってはいたに違いない。それが途絶えれば、相手も放ってはおかないだろう。さほど刻はないはずだった。

それでいて、われながら、ふしぎなほど落ち着いた心もちになっている。おさくが怯えた目で自分の手もとを見つめているのに気づき、右手を大きく振りかぶった。そのまま、川に向けて力いっぱい放る。

目まぐるしく回転しながら空を横切った鑿が、今にも溢れだしそうな川面に呑みこまれてゆく。こうやって、おさくのまえでよく石投げをしたな、と思い出した。

――おれがいつかどこかで、ほんの少し勇気を出していたら……。

深い悔恨のようなものが胸に伸《の》しかかってくる。が、何かを変えられたなどと思うのは傲慢で、やはりこうなるしかなかったのかもしれない。

おさくが力尽きたように膝をつく。すでに、その足もとまで濁った水が迫り、帷子《かたびら》の裾を浸していた。勝次は眼差しを伏せながら、女に向かって手を差し出す。おさくは感情の抜け落ちた瞳で、分厚い男の掌をぼんやりと見つめていた。

「ひどいこと言っちまった……赦してくれなんていえねえ」面をあげ、正面から女の目を差し覗く。「けど、お前だけを死なせやしない――それはほんとうだ」

結局のところ、おさくがいま源太にどんな思いを抱いているのかは分からなかった。殺したから憎しみしかないというものでもないだろう。げんにおのれが銀蔵を刺した鑿は女の首に突き立っていたかもしれないのだった。が、身をよじるほど苛まれていたはずの焰《ほのお》が、今だけは別のものにかわっている。目のまえの女を放ってはおかないという思いだけが、雨で冷えきった軀を衝き動かしていた。

いつのまにか風の唸りがおさまりはじめている。この数日途絶えていた夜明けのさえずりが、どこかで交わされているようだった。聞きなれた声のはずが、どうしても鳥の名が浮かんでこない。

その響きにつかのま耳を奪われるうち、蒼ざめていた女の頰に、少しずつ赤みがもどってくる。勝次がおもわず一歩踏み出すと、おさくは伸ばした手をためらいがちに握った。こちらを見上げた目にも、失われていた光が宿っている。勝次はうなずいて、女の手を引いた。立ち上がったおさくが、掌にはっきりと力をこめてくる。

手を取ったまま、勝次が先に立って歩を踏み出した。ああ、あのさえずりは頰白《ほおじろ》だ、とふいに気づく。濁っていた空はわずかながら明るみ、ほのかに朝の気配さえただよっているようだった。

錆びた刀

一

井戸端へ出ると、よもやま話に興じていたおかみさんたちが、ぴたりと口をつぐむ。田所平《たどころへい》右衛門《えもん》はかるく黙礼しながら釣瓶《つるべ》を取り、手持ちの桶に水をそそいだ。気をつけたつもりだが、顔を洗った水が散ったらしく、あっ、という声がいくつかあがる。謝罪の意を込めてまた礼をしたものの、伝わったかどうかは分からない。飲み水に使うつもりで、もういっぱい桶にためて背を向けた。

建て付けのわるい引き戸を開けて、じぶんの家に入る。後ろ手に戸を閉めると、浅い息がこぼれた。

主家が改易になって、はや三月になる。若い主君の急死で養子の手つづきが間に合わなかった。殿さまは二十五だったというから、おのれとさして変わらぬ。ひととは突然に死ぬものだと思った。

平右衛門は江戸屋敷で三十石をたまわる番士だったが、とくに人目を惹くほどの技も才もない。御家があってこそ生活《たつき》も立っていたが、投げ出されてしまえば取りたてて能もないただの若者に過ぎなかった。

それでも住むところを得られただけ、ましな部類だろう。浅草の裏長屋だが、大家が奉公人の縁につながる者で、空いている家を世話してくれたのである。さいわいといっていいのか両親もすでになく、嫁取りまえでもあったから、じぶんの心配だけしていればよかった。長屋の者たちは珍しい獣でも見るような目を向けてくるが、やむを得ないともいえる。

「あの――」

閉めた戸の向こうから、ためらいがちな声が響く。おもわず肩のあたりが竦《すく》んだが、相手の見当がついて力が抜けた。

耳障りな音を立てて戸を引くと、逆光のなかに小柄な女の影がたたずんでいる。目が慣れるより先に、およしだと分かった。三軒となりに住んでいる娘で、齢は十八だと聞いている。奉公に出ていた呉服屋の内証が苦しくなり、半年前、馘になって実家へ戻ってきたらしい。毎日のように口入屋《くちいれや》を覗いているそうだが、新しい奉公先は、まだ見つかっていなかった。

およしの手にした鉢から、甘辛い匂いが立ちのぼっている。なかには茶色く煮た小魚がひと握り盛られていた。平右衛門の視線に気づいた娘が、愛嬌のある丸顔をほころばせて鉢を差しだしてくる。

「いつも少しですみません」

いや、滅相もないと応えて手を伸べる。指さきが娘のそれに触れぬよう、かすかな緊張をおぼえながら受けとった。

平右衛門が長屋に来た直後から、時おり佃煮などを分けてくれるのである。いかほどかは分からぬが、好意を持たれているということだろう。むろん悪い気はしないし、じっさい助かってもいる。まだしばらくは蓄えもあるが、実入りがない以上、出ていくものはなるたけ少ないほうがいいに決まっていた。

「きょうはお稽古ですか」

四畳半の隅に立てかけた竹刀を見やって、およしが問う。

「ええ、これから」

応える声が、いくぶん籠もりがちになった。娘はそれ以上話柄《わへい》が見つからないのか、じゃあ失礼します、とぎこちなく頭を下げる。戸に指先をかけたが、滑りがわるくて動こうとしない。ああ、まただわ、と困惑げにつぶやいた。

「こつがあるのです」

平右衛門は微笑を浮かべながら、持ち上げ気味に戸を引いた。軋み音とともに、娘の笑みが少しずつ隠れてゆく。

つかのま腰高障子に映っていたおよしの影が、十数えるほどして消えた。平右衛門は唇《くち》もとに残っていた笑みをおさめると、溜め息をついて上がり框に腰を下ろす。ああいった手前、今日は出かけねばならないと思った。

二

竹刀を撃ち合う乾いた音が建物の外まで聞こえてくる。野太い掛け声とひとつになり、まだ肌寒さの残る大気を震わせていた。

平右衛門は横目で道場を見やりながら、足早に人ごみを擦りぬけてゆく。無聊《ぶりよう》にまかせて時たまここまで足を運んでしまうが、知った顔に出くわす目も大きい。会いたいようなそうでないような入り組んだ気もちを持て余していた。開きはじめた梅の蕾《つぼみ》に心もちを向ける風情で歩きつづける。じっさいは何も見ていなかった。

神田の大通りに面した道場は、改易まえに通っていたところである。何百人と門弟がいるから、身の入っていない弟子のひとりやふたり、うるさく言われることもない。そうしたゆるやかさが性に合ったのだろう、剣の道になどさして関心もないが、道場へ行くのは嫌でなかった。が、いまは謝礼も惜しまねばならぬ身である。日々なにもしていないというのは体裁が悪いから稽古へおもむくようなことを口にしているが、長屋住まいとなってから一度も顔を出せずにいた。

「――田所ではないか」

後ろから声をかけられ、おそるおそる振り向く。やはり竹刀を担いだ若侍がひとり、たしかめるような眼差しをこちらに注いでいた。山崎市之進《やまざきいちのしん》という男で微禄の御家人だが、道場仲間のうちでは気の合う相手である。まずは会いたい部類といってよかった。

「聞いたぞ、ひどい目にあったな」

一歩ずつ近づきながら、山崎が声をひそめる。平右衛門は通りの隅に身を寄せ、ああ、まったくだと応えた。白梅の梢を透かして雲雀《ひばり》らしき声が降ってくる。その長閑《のどか》さもどこか腹立たしかった。

「まこと宮仕えなどというものは、いつどうなるか分からんな。他人《ひと》ごとではない」

山崎はひとりごつようにいうと、道場のほうへちらと目を走らせる。あらためて怪訝そうに眉を寄せた。

「稽古のほうはもう辞めたのかと思っていたが」

「浪々の身となってはな。が、剣の道が忘れられぬ」

とっさにもっともらしい言葉がこぼれ出る。おれもよくいうと思ったが、山崎は頬を擦りながら、しきりとうなずいてみせた。

「それは、なんとも見上げた心もちだ」

やけに重々しい声で発したあと、遠慮がちに付けくわえる。「卒爾《そつじ》ながら、貴公がそこまで武芸に志を抱いていたとは知らなんだ」

ぐっと詰まったものの、ことさらゆったりした口調で返す。

「失くして知るのは親の恩のみにあらず……というところかな。貴公も今のうちに励まれるとよい」

「なるほど」

腕を組んだ山崎が、感じ入ったというふうな声を洩らす。「三日会わざれば刮目《かつもく》して待つ、というやつだな」

そのまま虚空へ目を向ける。しばらく考えるような間が空いたあと、山崎はおもむろに口をひらいた。

「ここで会ったのも縁というやつだろう。こんど、屋敷を訪ねて来ないか」

三

長屋へもどったときには、とうに日も落ち、さえざえとした月が屋根のうえに姿を見せる頃合いとなっていた。平右衛門はどことなく居心地わるげな足どりで木戸をくぐり、歩をすすめる。夜気にかすかな梅の香がふくまれていた。

昼間にぎわっていた井戸端も、いまは人影が見えない。かわりに家々から飯や汁の匂いが流れ出し、絶え間なく鼻腔をくすぐった。

じぶんの家がすぐそこまで近づいたところで、かたわらの戸がひらく。外へ出てきた小柄な影は、たしかめるまでもなく、およしだった。担いでいた竹刀をわざとらしく持ち直すと、娘が声をはずませていう。

「こんな刻限までお稽古なんて、たいへんですね」

「いや、何ほどのこともござらん」

内心で吐息をつきながら、さりげない口ぶりで応えた。あまりはやく戻るのもおかしいから、稽古と称して家を出たときは、日がかたむくまで千代田のお堀をめぐって帰る。茶店で休みたくもなるが、無禄の身ではそう景気のいい真似もできなかった。

娘の背後を覗くと、四十がらみの夫婦が家のうちから苦々しげな面もちをこちらに向けている。むろん、およしの両親だった。父親は指物師だと聞いている。得体の知れない浪人ものとひとり娘が親しげに話しているのだから、面白かろうはずもない。われながら気が利くほうとはいえぬ平右衛門だが、それくらいのことは分かった。

――あまり図に乗らないほうがいいな。

生涯この長屋暮らしとは思いたくもないが、今はほかに当てもない。面倒を避けるに越したことはなかった。

「では――」

はやばやと会釈して爪さきを踏み出す。もうしばらく話すつもりだったのだろう、およしが、あっ、といって追い縋るふうな体勢となった。振りかえると、娘が口ごもりながらささやく。

「明日また、なにかお持ちいたしますね」

「……かたじけないが、ご無理のないように」

ことわるまでの覚悟はなかった。平右衛門はあらためて低頭すると、わが家の戸に手をかける。なかなか開かないので、おや、と思ったが、こつを忘れていたことに気づいた。やはりどこか上の空だったらしい。苦笑とともに、かるく持ち上げつつ戸を引く。娘が家のまえに立ったまま、こちらを見送っていることは分かっていた。

四

本所南割下水《みなみわりげすい》そばにある山崎市之進の屋敷を訪れたのは、それから十日ほどのちのことである。今度たずねて来い、と言われただけで真に受けるほど厚かましくはないが、あの折、都合のいい日悪い日をわざわざ教えられたものだから、どうも本気らしいと思ったのだった。じっさい、迷惑げな顔も見せず座敷にあげられる。

三十俵二人扶持《ぶち》の内証と聞いているから、さほど楽ではないはずだが、屋敷はそれなりの構えを有している。部屋数はおそらく三つか四つ、敷地も四、五十坪はありそうだった。庭には時分の梅も植わっていて、紅と白の花びらが視界いちめんに咲き競っている。けっこうな住まいといえた。他人ごとにあらずなどと山崎はいったが、じぶんと違って、あるじ、つまりご公儀がつぶれる心配もないから、羨む心もちが皆無だといえば嘘になる。

客間に坐して山崎と向かい合う。細君が番茶とともに煎餅も出してくれたから、裕福とはいわぬまでも、やはり窮迫してはいないと見てよかった。

「どうだ、こちらのほうは」

剣を構えるふうなかたちをつくって相手がいう。うむまあ、それなりにな、と気のない受け答えにまぎらし、煎餅を齧った。ばりりという音がやけに大きく響く。

「こういうことを聞くのもどうかと思うが」手にしていた湯吞みを畳に置き、山崎が面をあげた。

「暮らしのほうはどうしているのだ」

「蓄えがある」

喉を張って言い返したものの、すぐか細い声で付け加えてしまう。「……今のところは」

にわかに座敷が静まりかえったかと思うと、じき鶯のさえずりがうるさいほど耳を打つ。なぜか急にいたたまれなくなり、膝がしらへ目を落とした。横ざまに差しかけた光がそのあたりにわだかまり、白く小さな虫のように動きまわっている。

相手の溜め息に誘われる体《てい》で顔をあげた。山崎は顎に手を当て、なにごとか考え込んでいるらしい。ややあって、ぽつりとことばを洩らした。

「仕官する気は」

「……むろん、ある」

われしらず身を乗り出している。御家が改易になるまえは、町で見かける浪人たちを吞気そうでうらやましいなどと思ったこともあったが、浅はかというほかない。衣食足りてこその気随気儘だと、はやくも身に染みていた。山崎が、幾度もうなずきながら告げる。

「じつは心当たりがあってな」

五

腰高障子の目立つところに「てならひ」と書き、すこし後ろに下がって釣り合いを見定める。やわらかな陽光に照らし出された字は自分で見てもうまいと思えなかったが、習いに来るものがいたとして、書けるようになればいいというところだろうから、それほど差し障りはないはずだった。

山崎市之進は仕官の当てがあるようなことを口にしたものの、くわしい話はまだできないと伝えられた。理由はいえぬが、もうしばらく待ってくれという。しばらくとはどれくらいなのかも明言できないらしい。なんとも要領を得ない話だが、答えを迫れる身ではないから、言われるまま待つしかなかった。そのあいだは自分で生活《たつき》を立てねばならない。光明がちらついたことで、かえって重い腰をあげる気になった。

「――手習い処をはじめるんですか」

いきなり呼びかけられたものだから、声をあげそうになった。いつの間にかおよしがすぐそばに立ち、障子に書いた文字とこちらの顔をかわるがわる見やっている。平右衛門は、まだ動悸を鎮めきれぬまままいった。

「いささかでも皆さんのお役に立てればと」

ぶらぶらしていては干上がってしまう、というのがまことのところだが、そこまで身も蓋もないことはいえぬ。いくぶん後ろめたい心もちになり、そっとおよしの面をうかがった。とっさに大きく息を呑みこむ。

娘の頬が上気したふうに赤らんでいる。心なしか、瞳にもかがやきがくわわったようだった。朱《あか》い唇がゆっくり動き、あたしも習おうかしら、と声が洩れる。およしが身を乗り出すと、弾むような波が打ち寄せてくる気がした。その波に呑み込まれてゆく自分を感じてもいる。字くらい書けるのではないですか、と問い返すつもりが、口をひらくと、まったく別のことばが転がり出ていた。

「ええ、ぜひいらしてください」

手習い処に意外なほどすんなりひとが集まったのは、およしのおかげといっていい。若い浪人に習うのを懸念したのだろう、ふた親も最初は反対したものの、娘がどうにも折れなかったらしく、おなじ長屋に住むいとこをつけて寄越した。十歳になる童《わらべ》だが、友垣が多かったと見え、何人も引き連れてきたことで平右衛門の手習いが緒についたのである。

四畳半の長屋では最初から手狭となったため、近所にある寺のひと間を借りることにする。こちらがまごまごしているうち、そうした手配りも皆およしがすませてくれた。

「さいしょの月はお礼なし、というのはどうでしょう」

ばらばらな型の文机を十二畳ほどの間に並べながら、娘がいう。五日後から手習い処を始めることになり、きょうは朝から支度を手伝ってくれていた。平右衛門はやはり文机を持ち上げたところだったが、いちど畳に下ろして小首をかしげる。

「……気前が良すぎはしないでしょうか」

入門料も取らないことにしましたし、とくぐもった声で付けくわえる。それもおよしの勧めにしたがったのだった。はじめのうちは一文でも安くしといたほうが子どもは集まります、と真剣な面もちで迫ってくるから、なかば気圧《けお》されるかたちで承知したのである。蓄えも日に日に乏しくなっている折で、有《あ》り体《てい》にいえば謝礼が入るのを心待ちにしていた。

「仰るとおりですけど」およしが上体を伸び上がらせるふうにしてつづける。小柄な軀《からだ》がすこし大きくなったように見えた。「来るほうもそう思うくらいでないと、おまけの甲斐はないのかなって」

開け放った障子戸の向こうから、酸いものをふくんだ香がただよってくる。境内の梅がとりどりに花を開き、とくべつ目を向けなくとも、視界の隅が華やいでいた。

「――分かりました、やってみましょう」

くろぐろとした娘の瞳を覗きこみながら告げる。まだためらいはあったが、意気地のない男だと見られたくなかった。

よかった、と息をはずませておよしがいう。はじけるような笑みを見つめるうち、きっとこれでよかったのだ、と思った。

六

山崎市之進から呼び出しがあったときには、梅も散り、桜樹が天に向かって桃色の花を広げはじめている。使いに来たのは五十すぎとおぼしき下男だったが、土間に突っ立ち、あからさまに胡乱げな眼差しで狭い部屋のなかを見まわしていた。どことなく居心地がわるくなり、目を伏せてしまう。貧乏御家人のしもべに気後《きおく》れしているおのれが情けなかった。

ちょうど寺子屋での指南を終えて戻ってきたところである。留守なら言づけくらい残してくれるだろうが、入れ違いにならなくて安堵したのもまことだった。三日後の昼、屋敷に来てくれというのが用向きである。いちおう何ごとか聞いてみたものの、それ以上は承知していないらしく、使いの男は足早に帰っていった。

下男その人のことはどうでもよかったが、しぜん見送る体となって戸口に立っている。目のまえの路地を斜光が照らし、風に散らされた花びらがいく枚か空に舞っていた。知らぬ間に胸の裡で鼓動が高まっている。

——心当たりがある。

と山崎はいったのだった。使いは、その件にかかわることだろう。浮かれるなと自分に言い聞かせたが、軀の芯が火照《ほて》ったようになるのを留められなかった。

「どうかなさったんですか」

ほとんど耳もとといっていいほど近くで声がひびく。面を向けると、およしが不思議そうな目でこちらを見上げていた。さまざまな思いが渦巻き、娘に気づかなかったのだろう。平右衛門は鬢《びん》のあたりを掻きながらいった。

「いえ、友人から使いが来まして」

「お友だち……」

なぜか首をひねるおよしに、こちらの方が怪訝そうな声を発してしまう。

「なにか変なことを言いましたか」

「いえ、お侍さまにも、友だちっているんだなと思って」

すみません、といって恥ずかしそうに笑う。平右衛門もつられて笑声をあげた。

「侍もひとですからね。食べないと生きていけないから、手習いを教えているわけで」

「ほんとにそうですね」そこまでいって、ふいに娘が真顔になる。「でも、田所さまはご立派にやっていらっしゃいます」

立派かどうかはともかく、子どもの数はそれなりに集まっている。もっとも今のところ、さいしょの月は謝礼なし、という餌に釣られただけだろう。およしのもくろみが当たったといえるが、この先どうなるかまでは分からない。

ただ、たいした娘だという心もちははっきりと抱いている。侍もひと云々とは出来すぎた物言いだが、およしを見ていると、武士だの町人だのという区分けが馬鹿馬鹿しく感じられてくるのも本当だった。食べないと生きていけないなど、しばらく前なら妙な矜持《きょうじ》が邪魔をして口にできなかったはずである。

先生の評判もいいみたいですよ、といたずらっぽく言い添えたかと思うと、およしがとつぜん面を伏せ、踵をかえす。そばを通りかかった中年女が、ひやかすような危ぶむような眼差しをふたりに向けているからだと分かった。

およしさんのおかげですよ、と喉もとまで出かかった声が行き場をうしなう。平右衛門は棒立ちになったまま、娘のうしろ姿が急ぎ足で遠ざかってゆくのを見つめていた。


「幸いといってはいかんのだが、貴公にとってはそういうことになるかな」

判じ物のようなことをいう男だと思いながら茶を啜り、上目遣いに山崎市之進の面もちをうかがう。このまえ通されたのとおなじ一室だった。

庭のほうから音がしたので目を向けると、先日やって来た下男が箒《ほうき》を使っている。とくに理由はないが、できればあまり話を聞かれたくなかった。山崎もおなじ考えだったのか、下男を見やり、玄関のほうを掃いていてくれ、と声をかける。相手は不服げにするでもなく、ごくみじかい返事だけして視界から消えた。

沈黙の広がる座敷に、きょうも鶯のさえずりが流れこんでくる。桜も盛りが近いし、いよいよ春めいてきたようだった。呑気に季節を味わえる身でもないが、今日はいい話らしいという期待が、そんな心もちにさせるのだろう。花見に誘ったらおよしは来るだろうか、と思った。

「…………」

山崎がなにか口にしたようだったが、つい聞き逃してしまう。えっ何だって、とあわてて問い返したものの、その声もどことなく上の空だった。

「ちゃんと聞いていてくれないと困るな」

相手は苦笑を浮かべていったが、本気で咎めているふうでもない。わざとらしく咳ばらいをすると、膝を進めてきた。

「じつは、いとこが死んだ。まだ二十歳そこそこだというのに、気の毒なことだ」

やはり御家人の嫡男だが、去年のうちから胃の病で床に就き、医師からも本復はかなわぬと告げられていた。覚悟していたことがとうとう現実になったという。

「で、なるべく早く養子を取ろうという話になった」

しばらく待てとは、そういう意味だったらしい。身も蓋もなくいえば、いとこが死ぬのを待っていたのだろう。その養子とやらに平右衛門を、ということのようだった。いくぶんためらいがちに問うてみる。

「だが、縁もゆかりもないおれが、その家に入って構わないのか」

ああ、と腹に響く声を発して山崎が微笑を見せる。やけに頼もしげな笑みだった。

「わりあい行き来のある家でな。おれとしては、見ず知らずの者が入るより貴公のほうが気楽だ。しっかりと推しておいた」

こう見えて、けっこう信頼されていてな、とすこし得意げにいう。胸からいちどきに閊《つか》えの取れる心地がした。

山崎が、相手の事情をぽつぽつと語りはじめる。小普請、つまり無役の父親は五十に間があり、母親は三つ四つ年下らしい。さほど愛想がいいわけでもないが、意地のわるい人たちではないからすぐ慣れるだろうという。そこまでいって、山崎はふと思い出したという体で付けくわえた。

「ああ、あと娘は十七だ」にやりと笑って告げる。「うまくやってくれよ」

「えっ」

喉の奥から頓狂な声が洩れた。「養子とはそういうことか」

「言ってなかったかな」

山崎はおのれのことばを思い返す風情で虚空に目を飛ばす。が、すぐに朗らかな表情となって語を継いだ。

「まあ、貴公も独り身だし、問題はないだろう。あまりすぐというのも何だから、遠からずいい折を見て引き合わせることにしよう」

七

川沿いに並んだ桜がそろって満開の花を広げていた。桃色の天蓋が見渡すかぎり頭上を覆っている。十人ばかりの子どもたちが歓声をあげ、木々のあいだを走り抜けていった。

みんな元気だな、とつぶやいた声が、我ながらどこか沈んでいる。およしも気づいているらしく、さいぜんから案じるような目を平右衛門の面に向けていた。

寺子屋の子どもたちをともない、大川べりの散策に出たのである。ちょうど桜の時分でもあるし、手のかかる面々を連れ出せば、親にも喜ばれるからというのがおよしの言だった。

謝礼なしの期間が終わったあとも子どもが減ることはなかったから、手習い処はまず順調といっていい。とはいえ、せいぜい平右衛門ひとりが食べてゆけるくらいのものである。生涯の業とするには不安があるのも事実だった。

――が、そこはもう考えなくていいわけだ。

山崎の親類である御家人に婿入りがかなえば、長屋や寺子屋もそれまでである。楽しげに通ってくれる童もいるから済まぬ気もちもあるが、さすがに没義道《もぎどう》というわけでもないだろう。

――この娘とも……。

堤に腰を下ろし、となりに座ったおよしの横顔へ眼差しを滑らせる。昼下がりの陽光が川面にはじかれ、きらめきを孕んだ粒がぷっくりとした頬のうえで躍っていた。まぶしげに目を細めているせいか、日ごろ快活な面ざしがすこし寂しげに見える。膝のあたりに置いた指が、丸い顔に不釣り合いなほど、ながくほっそりしていることに今さらながら気づいた。

平右衛門の視線を感じたのか、およしが面映げに手の先を丸める。いけないことでもした気がして、あわてて目を逸らした。

およしとのあいだは半間近く空いているが、これ以上詰める気はなかった。すでに充分すぎるほど心もちが落ち着かなくなっている。

――おれはどうしたいのかな。

もう何度目か分からぬ問いを繰りかえしてみるが、答えなど出るはずもない。この娘に好意を持たれていることくらいは感じているものの、どれほどの思いなのか確かめるのが怖かった。知れば知ったで、だからどうなのだという気もちもある。

このところ、日に何度も脳裡に浮かび上がる絵があって、正面きって見つめるのは極力避けていた。それでいて胸の奥にところを占め、じりじりと大きくなっている。気がつくと、頭のなかで自分は三十くらいになっていて、およしとふたり寺子屋を切り盛りしているのだった。女の背に赤子が負われていることまで目に入ってくる。

皮肉なことに、はじめてその像が見えたのは、山崎に婿入りの話を聞いたときだった。自分でもふしぎだが、先方に娘がいると伝えられた折、引き換えのようにしておよしの面ざしが浮かんだのである。

——妄念というやつだな。

切り捨てようとするが、意のままにならぬ。生涯、寺子屋の親爺で終わるつもりかとおのれを叱咤してみるものの、その声にも力が入らなかった。

いつの間にか、娘が不安げな面もちでこちらを見つめている。何か言わないと、と思ったが、ことばが出てこなかった。

「あの、なにか心配ごとでも」

堪えきれなくなったらしく、およしがいくらか性急な声を発した。

「いや……」貼りついていた唇がゆっくりと開く。ひとりでに掠れた声が洩れていた。「このままというものはないのかなと思って」

明日は山崎を訪ねるという日、なぜかおよしが寺子屋に姿を見せなかった。学問熱心というわけでもないにせよ、今まで休んだことはなかったし、引っかかるものを覚える。ふた親は平右衛門を見るといい顔をしないから気がひけたが、手習いを終えたあと、ようすを覗きに行こうと思った。

西陽が埃っぽい路地を照らし出していた。長屋の木戸をくぐるとき聞こえた鶯の声が、どこかくたびれているふうに感じる。目のまえを尻尾のちぎれた犬が一匹、気だるげに通りすぎていった。

われしらず、足どりが重くなっている。平右衛門は一歩ずつ引きずるように歩をすすめた。とはいえ、さほど奥行きのある長屋でもない。じき、燃えるような色に染まった腰高障子のまえに立ちつくした。息を詰めてなかの様子をうかがう。まだ明かりはついていないが、ひとが身動きするような物音をかすかに感じた。思い切って声を絞り出す。

「ごめん候え」

同時に、なかの気配が熄《や》んだ。耳を澄ましてみたが、さいぜんまで確かに響いていたはずの音がわざとらしいほどにひそまっている。おおきく息を吸い、今いちど喉を張った。

「田所でござる」

言いおえたかどうか、というところで音をたてて戸がひらく。ぽっかりと空いた暗がりから細い腕が伸び、平右衛門の手首を摑んだ。

えっ、と上げそうになった声を呑み込むと、土間に立ったおよしが俯けていた顔をあげる。傾いた光にまぎれ、はっきりとは見定められなかったが、ひどく蒼ざめているようだった。手首を握ったままの指さきも、ふるふると揺れている。

「――いま、だれもいないの」

ようやく聞き取れるくらいの声でささやくと、女が強く腕を引いた。

八

すでに見慣れた座敷へ腰を下ろしてこうべをめぐらすと、古びた濡れ縁がしらじらとした陽光に照らされている。花を落とした梅の梢がきらめいているように見えた。朝からおだやかな日和で、年のうち幾日あるかと思えるほどの心地よさといえる。それでいて平右衛門は、軀の芯が寒々としたものに捉えられているのを感じていた。

「まあ、そう固くなるな」

隣に坐した山崎がなだめるような口ぶりでいったところを見ると、よほど強張った面もちになっているらしい。とはいえ、平右衛門が俯きがちとなっているのは、むろんおよしのことが頭から離れぬせいだった。

「――嫁に行けっていわれたんです」

きのうの夕べ、白い背にあわただしく襦袢《じゅばん》を羽織りながら娘は告げたのだった。おのれの衣に袖を通す手が、つかのま止まる。およしは身づくろいをつづけながらいった。

あたらしい奉公先が決まらぬ娘をいつまでも遊ばせておくわけにはいかない。ちょうど縁談が舞い込み、ふた親は今日、仲人役のところへ挨拶に出向いているらしい。相手は一本立ちしたばかりの大工で、まだ若いが腕のいい男だという。およし本人も来るよういわれたが、具合がすぐれないといって残ったのだった。

「嫁に」

木偶《でく》のように繰りかえしたが、娘は唇を噛んでうなずき返すだけだった。とうぜん、養子の話など口にできるわけもない。ふたりとも黙りこくったまま刻《とき》が過ぎ、気がつけば互いの面もちも見定めがたいほど暗くなっていた。

「そろそろ……」

目も合わせずにおよしがいう。ふた親が帰ってくるころなのだろう。何か言い置いていかねばと思ったが、女の全身から灼《や》けるような絶望と焦燥の気配が滲みだしてくる。

「じゃあ、また」

われながら、ひどく間の抜けたことばだけを残し、薄闇のなかに飛びだしていったのだった。

鶯のさえずりが、思いにふける平右衛門の耳に突き立ってくる。姿は見えなかったが、梅の梢あたりに止まっているのかもしれなかった。

「おい――」

山崎が困惑まじりの声を洩らす。「ますます顔が怖くなっているじゃないか。ふつうにしてれば、そこそこいい男なんだから、もったいないぞ」

庭でも見てきたらどうだ、といわれるまま、ゆらりと立ち上がった。ひとあしごとに坪庭が近づいてきたが、その光景は頭の奥に届いてこない。足だけがひとりでに動き、濡れ縁を踏んでいた。

降りかかる陽光にあらがう体で面をあげる。やはり緑の芽吹いた梅に鶯が止まっていた。とくだん心もちを向けているわけでもないのに、茶がかった翼と尾がやけにはっきりと見える。うつむいて唇を嚙みしめる女の面ざしが、とつぜん重く伸しかかってきた。

「田所っ」

友垣の叫びを聞き、はじめて自分が庭へ下り立ち、裸足で駆け出そうとしていることに気づく。濡れ縁まで走ってきた山崎が、唇を震わせながらこちらを見つめていた。平右衛門は足を止め、自分でもわけが分からぬというふうに眉尻を下げる。

「すまん、本当にすまない」

「すまないでは、すまん」

啞然とした面もちを隠そうともせず、山崎が言いつのる。「お扶持の高が不足か」

平右衛門は痙攣でもしたかのごとく、はげしく頭を振る。首の骨がごりりと音を立てた。

「そんなことじゃない」

女だな、馬鹿め、という山崎の叫びは背後で遠く響いている。騒ぎを聞きつけた細君が出てきたらしく、女の声がそれに混じっていた。

庭の隅で水を撒《ま》いていた例の下男を押しのけるようにして、玄関口へ向かう。履き物を突っかけ走り出たところで、門のところに来た三人連れとぶつかりそうになった。四十なかばとおぼしき武家の夫婦と二十まえの女らしい。驚いて瞳をあげた娘の顔立ちは、人目を惹くほどうつくしく、それでいて柔らかかった。

「ご免候え」

口早にいって、一行のかたわらを走り抜ける。惜しいことをしたなと思ったが、本気で悔いてはいないおのれがどこか誇らしくもあった。

九

駆け通し、長屋へ帰りつくと、すでに濃い茜色が視界いちめんを焙っている。まるできのうにもどったようだ、と感じた。ちょうど今ごろあのなかで、とおよしの家に目を向けると、母親が戸口に立ち、落ち着きなくあたりを見回している。わけもなく胸の奥がざわめくのを覚えた。

「どうかしましたか」

荒い息をおさめる間もなく近づいてゆく。夕焼けにまぎれて見定められなかったのか、母親はおびえたように後じさったものの、すぐに平右衛門だと分かったらしい。不機嫌さと安堵の入りまじった表情を向けてきた。

朝から、およしの姿が見えないという。いちにち出かけるようなときは声をかけていくのが習いだったから、いいようのない不安が募った。寺子屋や口入屋にくわえ、以前の奉公先まで覗いてまわったが、立ち寄ったあとはなかったらしい。先ほど帰ってきた父親もあわてて探しにいったものの、まだ戻ってくる気配がない。

話を聞き終えるよりはやく、平右衛門はふたたび走り出している。心あたりなどないが、あっ、ちょっと、という母親の叫びに追い立てられるごとく、やみくもに足を振り上げた。いっときごと濃さを増す夕闇の奥に、およしの白い背が浮かび上がる。その姿へぶつかるようにして駆けつづけた。

気がつくと、大川のほとりに辿りついている。昼間のあたたかさが残る大気のなか、藍と橙のふた色が混じり合い、水面をまだらに染めていた。息があがって走れなくなり、川べりの桜に背をもたせかける。全身が汗にまみれ、肌寒ささえ覚えるほどだった。満開をすぎた花びらが風に吹かれ、ざわめくような音を立てている。

——もしかしたら。

とつぜん脳裡をよぎった光景に誘われ、あらためて歩を踏み出す。走りたかったが、ろくに腿が動かなかった。なかば足を引きずりながら川岸を進んでゆく。

「あっ」

われしらず大きな叫び声を洩らしたのは、四半刻近くも大川を遡ったころである。あちこち点りはじめた灯が、桜樹の根方に坐す女の影をくっきりと浮かび上がらせていた。

およしも気づいたらしく、座ったまま面を向けてくる。深まりを増す闇にまぎれ、表情はよく分からなかった。

先だって花見のおり、ふたりで腰を下ろしたところである。まさかと思ったが、どうやら当たりだったらしい。ふらついているせいか、一歩近づくごとに足もとで地を掻き分けるような音が響く。およしは逃げるふうもなく、こちらをじっと見つめつづけていた。

「汗が――」

たがいの息づかいを感じるほど近くまで来たとき、娘がつぶやきながら立ち上がった。指さきをのばし、平右衛門の鬢に溜まったしずくを拭きとる。くすぐったかったが、されるままになっていた。のぼりはじめた月の光が、女の面に降りそそいでいる。およしは唇をきつくむすび、思いつめた表情をあらわにしていた。

どうしたんですか、とか、みな心配してますよ、などと当たり前のことばが脳裡をよぎったものの、声にならない。じぶんが捨ててきたものについて話したかったが、恩着せがましくなるのも嫌だったし、それは後でいいと思った。

「その……」ひとりでに喉が動き、唾を呑みくだしている。小首をかしげた娘の瞳を見据え、ひといきに声を放った。「夫婦《めおと》になってもらえませんか」

えっ、と小さな叫びをあげ、娘が立ちすくむ。ことばもないまま、息だけが忙しくなっていた。すこし待ったが、驚きが大きすぎたらしい。すぐに声が戻ってくる気配はなかった。

「つまり、わたしとということですが」

念を押すようにいうと、およしがかなしげに面を伏せた。

「それはできません」

こんどは平右衛門のほうが、えっという声を洩らす。頭の芯がにぶく痛み、背すじが震え出した。気もちのわるい汗が吹き出し、首すじを隙間なく濡らしている。

「でも、きのう――」

追い縋る体でいうと、娘が顔をあげ、やけにつよい眼差しを向けてくる。月明かりが目の奥できらめいていた。

「もちろん、田所さまはほんとうに好きです。じゃなきゃ、あんなことしません」

「だったら」

言いかけたことばを遮るように、およしがかぶりを振る。

「けど、お侍さまに嫁ぐなんて……あたしにはむりです」

「ただの浪人ですよ。あなたたちと何も変わらない」

おのれの声が悲愴な匂いを帯びているのに気づいたが、どうしようもなかった。およしが童をなだめるふうな口調になっていう。

「いっしょになったら、どうやって食べていくんですか」

「……もちろん、寺子屋で」

昂然と告げたつもりが、じぶんでも驚くほどか細い響きになっている。娘が眉を寄せると、面に影のようなものが差した。深い息にまじって、やるせなげなささやきが零れる。

「あれは、田所さまおひとりの口がせいぜいです」

せめてお手伝いできてよかった、とつぶやいて、棒立ちになった平右衛門のかたわらを擦りぬける。去りぎわに一瞬だけ手を伸ばし、片側の頬に触れてきた。その部分が痺れたような熱を帯びる。

振り向こうとしたが、軀が思うように動かない。立ち止まった気配とともに、女の声が背に降りかかってきた。

「ずっとうじうじしてたのに……かえって踏ん切りがつきました」

ありがとうも、ごめんなさいも聞きたくなかったが、およしは、ふしぎですねとだけいって遠ざかってゆく。女の足音が消えると同時に、引きずられるごとく腰をついた。

夜の川がうねるように眼下を流れている。風に流されてきた雲が月や星を隠し、溟い水面だけが重くたゆたう音を立てていた。

馬鹿めと叫んだ山崎の声が、耳の奥で絶え間なく繰り返される。まったくその通りだと思った。うつくしかったということは覚えていたが、ひと目だけ見た女の貌《かお》はどうしても浮かんでこない。うなだれて、瞼を下ろした。

どれくらい刻が経ったか、地に落とした尻の下がずいぶんと冷えている。平右衛門は震える手をかたわらの桜樹に伸ばした。軀を引きずり起こすようにして立ち上がる。月も星も、おおかたは雲にさえぎられたままだった。水音がかわらずに夜の底を走っている。

――こんないちどきに、あれもこれも失くしていいのか。

だれかに問いたかったが、なぜか唇が少しだけほころんでいる。じっさい笑うしかないともいえるが、自虐めいたものはどこを探しても見当たらなかった。あるいは、何かをはっきり選んだという手ざわりがそうさせるのかもしれない。およしも恐らく、おなじ気もちでいるのだろう。残していったことばがどこか清々しく響いたのは、気のせいとも思えなかった。

吐息をつき、おもむろにこうべを上げる。とぼしい光のなか、天を支えるように咲く花の列《つら》なりが白く浮きあがっていた。

——とりあえず、また道場のまわりでもうろついてみるか。

くすぐったいものが胸の奥で躍る。まるで物乞いだなと思ったが、それも上等だという心もちが生まれつつあることも分かっていた。

幼なじみ

一

すぐには思い出せなかったが、それほど刻《とき》がかかったわけでもない。秀太郎《ひでたろう》が近づき、

「おめえ、梅吉《うめきち》じゃねえのか」

前に立ちはだかると、相手は戸惑いの色をたたえて目を泳がせた。雇われたばかりの小僧が、廊下ですれ違いざま手代に呼び止められたのだから無理もない。あからさまに怯《おび》えた風情ながら、

「へえ、そういう名でございますが」

どうにか応えを返してくる。目立つほど大きな団子鼻も、おどおどした声音も昔のままだった。秀太郎はひとあし進み、ことさら頰をゆるめてみせる。

「やっぱりそうかい」いいざま、自分の顔を突き出すようにした。「おれだ、甚兵衛長屋でいっしょだった秀太郎だよ」

梅吉はつかのま呆然とした面もちになったが、しだいに頰が紅潮してくる。やがて抑えきれぬというふうに、上ずった声をあげた。

「ほんとか、ほんとに秀兄《あに》いなのかよ」

通りかかった女中が訝《いぶか》しげな眼差しを投げていく。秀太郎は、だいじょうぶだというように頷

いてみせた。女中の後ろ姿が遠ざかると、唇《くち》もとに苦笑を滲《にじ》ませて語を継ぐ。

「こんな嘘ついて、なんの得がある。おめえに気づいたのが何よりの証しじゃねえか」

そりゃそうだ、といって照れくさそうに笑う相手を見つめ、口早にささやきかける。

「話したいことは腐るほどあるが、こんなところでながなが喋ってるわけにもいかねえ。こんどゆっくりな」

「ああ、分かった。兄いも忙しいだろうしな」

忙しい、というところに、はっきりとした憧憬の匂いが籠もっていた。誇らしさにまじって、かすかな痛みのごときものが胸を刺す。その心もちを振り払うように踵を返した。いま見たばかりの面ざしを胸の裡で思い浮かべながら、店のほうへ戻る。

日本橋の呉服屋・武蔵屋《むさしや》に奉公して、はやくも五年以上が経つ。梅吉とおなじく小僧として雇われたが、思いのほか水が合っていたらしく、あるじや番頭に気に入られ、去年から手代に取り立てられていた。

たしか三つ下だったから、梅吉は十八になったはずである。むかしは坊主頭だったが、気の利かなげな顔つきや、のろのろとしたしぐさもあの頃のままだから、すぐに分かった。

ふたりが育ったのは、場所こそ富岡八幡宮の近くだが、いつも饐《す》えた匂いが漂っているような裏長屋である。住人も貧しい手合いが多く、いま思うと夜鷹めいた女さえ何人か暮らしていたようだった。

そんなところで育った子どもが、まともな大人になるわけもなかった。ちょっとした盗みくらいならやったことのない者が稀《まれ》で、ひとに言えない稼業に就いた知り合いも珍しくない。秀太郎はそうした暮らしを嫌って、十二の年に家を飛び出した。三年ほどさまざまな職を転々としたあと、たまたま気の利く小僧を探していた武蔵屋に拾われたのである。

それだけで充分と思っていたが、これほど出世するとは巡りあわせがよかったというほかない。じっさい、この仕事に合っているおのれを感じてもいた。

「秀太郎」

帳場から番頭が呼びかけてくる。へい、と応えて膝をつくと、相手は入り口のほうを見やり、機嫌のいい口調でいった。

「もうじき、信濃屋《しなのや》さんがお嬢さまを連れてお出でになる。ご婚礼のお召し物を選ばれるんだが、おまえも隅で拝見するといい」

「手前などが、よろしいんで」

信濃屋は上得意のひとつである。うかがうようにいうと、もちろんだ、といって番頭が鷹揚《おうよう》な笑みを返してきた。

「旦那さまがそうおっしゃったんだ。今のうちに、たんといいものを見ておくといい」

「――ありがとう存じます」

低頭しながら、ひとことずつ刻みつけるような口ぶりで礼を述べる。梅吉と再会したせいで、つい昔の暮らしと引き比べてしまうのだろう。われしらず瞼《まぶた》の裏が熱くなり、堪えるのに骨が折れた。

二

「あたらしく来た小僧がおまえの知り合いらしいって、お豊《とよ》がいってたけど」

わざとらしく小首をかしげて、おそのがいった。そのしぐさが男の気を引くと分かっているのだろう。大店の跡取り娘というよりは、まるで物慣れた酌婦のような気配をただよわせてもいた。もちろんそんな勤めをしたことがあるわけもないから、生まれ持ったものに違いない。

茶の稽古へおもむく途次である。お付きの女中が忙しいときは、秀太郎が代わっておそのに付き従うことがあった。片道四半刻ほど歩いて師匠の家に辿りつき、稽古のあいだ、ただ待っていればいいのだから、楽な仕事ともいえる。じぶんが同行すると、娘がどことなく嬉しげなことには気づいていた。

お豊というのは、梅吉を呼び止めた際、擦れ違った女中である。むりに隠すつもりはなかったが、言いふらしたいわけでもないから、かすかな苦々しさが胸の奥をよぎる。ほかに楽しみもないから、だれもが噂話に飢えているのだった。

「ええ、むかし近所に住んでたやつで」

おどろきましたよ、と言い添えたが、おそのは、

「ふうん」

とつぶやいたきり、その話は忘れたようすで歩をすすめる。もともとたいした関心もなかった

のだろう。

梅雨入り間近の湿った空気が肌にまとわりつく。飛び交う燕のはばたきも、どこか重たげだった。

日本橋を渡ってほどなく、商家の並ぶ通りが目に入る。その角を曲がったところが師匠の家で、秀太郎も何度か足を運んでいるから、迷うこともなかった。

「ああ、そうだ」

戸口のまえに立ち、訪《おとな》いを入れようとしたとき、ふいに思い出したという体《てい》でおそのが口をひらいた。

「待ってるあいだに、買い物を頼まれておくれ」

袂《たもと》から巾着を取り出し、一分金を何枚か手渡してくる。戸惑いながら受け取ると、娘がいたずらっぽい笑みを赤い唇いっぱいに広げた。

「あたらしい簪《かんざし》をおねがい」

かしこまりました、と応えて腰を折る。三和土《たたき》で師匠に挨拶すると、秀太郎は足早に通りへ出た。常とおなじく、途切れる気配も見せぬ人波が、道いっぱいに広がっている。

簪くらい自分で選べばいいようなものの、おれの見立てを試しているのだろうと察しがつく。娘の気まぐれと流すのはかんたんだが、こうしたことのひとつひとつが、じつは肝要なのだった。

機会というものは万人にひとしく巡ってくるが、それを摑めるかどうかで大きな差が出るのだと秀太郎は思っている。こういう小さな切所《せっしょ》をおろそかにしなかったから、今ここにいられるともいえた。その理《ことわり》に気づかぬ者は、死ぬまで地べたを這いつづけるしかない。

秀太郎は通りの隅に身を寄せ、行き交う人の波に眼差しを走らせた。稽古は半刻ほどで、そのあと世間話などしながらくつろぐのが常だから、ぜんぶで一刻にすこし欠けるくらいと見ていい。あれこれ考えているゆとりはないものの、焦るのもよくない。腰の重いやつもだめだが、不安に駆られてやみくもに動く手合いは、ほぼ例外なくしくじる。

道ゆく娘をひとりひとり凝視する。むろん、髪飾りを確かめていた。二十人と決め、頭のなかにひとつひとつ簪のかたちを刻んでゆく。二十とは、見定めたあと動く刻を考えたうえでの数であり、自分が間違いなく覚えていられるはずの数でもある。息を詰め、通りを見守りつづけた。

その人数が通りすぎたところで、いま見た結果を反芻する。途中から気づいていたが、やはりほぼ半分の娘が蝶の飾りがついた簪を使っていた。いまの流行《はや》りだと見ていい。

頭のなかをそこまで整理したところで、ゆっくりと歩を踏み出す。人の多さからして、この通り沿いに一軒か二軒は小間物屋があるはずと見当をつけた。そうでなくとも、だれかに聞けば、じき見つかるだろう。

しばらく歩いたところで、案の定、構えのおおきな小間物屋が一軒、目に飛び込んでくる。秀太郎は、ためらうことなく店のなかへ入っていった。

年ごろの女が四、五人、華やいだ声を上げながら櫛《くし》や簪に見入っている。昼日なかからこうした店に来られるのだから、それなりに裕福な家の娘と見てよかった。ほかに男の客はいなかったから、女たちの視線がいっせいにこちらを向く。

じぶんの見た目が悪くないことは分かっている。こうした眼差しを浴びるのにも慣れていたが、悦に入っている場合ではなかった。店のなかを見回し、簪が飾ってあるあたりに近づく。さいぜん目にしたものがひと通りそろっていた。やはり蝶のかたちがいちばん人気らしく、ほかの倍ほども並べてある。

さてしかし、と秀太郎は思う。それではと蝶の簪を買っていいものかは別の思案だった。すばやく娘たちの髪に目を走らせる。五人のうち三人が蝶の簪を挿していた。流行りなのは間違いないが、どうも行き渡りすぎのような気がする。毎日顔を合わせるわけでもないから、おそのが普段どんな簪を身につけているかは知りようがない。今日は蝶の簪を挿していなかったが、あるいはとうに持っていて、むしろ飽きているころかもしれなかった。

娘たちのうち、残りふたりが挿しているのは花びらのかたちで、通りで見たなかでも、蝶のつぎに数が多かった。これを買うべきかと思いながら、なぜか三番目の簪が気になっている。鶴をかたどった銀細工の飾りで、二十人のうち二人しかいなかった。この店でも数は少なく、三本ほどしか並んでいない。

世間の好みを承知しておくことは必要だが、最後に頼るのは自分の勘でしかない。この簪に惹かれるおのれをはっきりと感じていたが、蝶や花びらほど流行っていないわけはすぐに分かった。かなり細かい細工だから、たやすく手が出せないのだろう。じっさい目のまえに記された値をみると、わずかではあるが渡された金額からはみ出していた。

「なにかお探しなの」

かたわらから声をかけられ視線を向けると、娘のひとりが興ぶかげな面もちで秀太郎と簪の棚をかわるがわる見やっていた。茜色の小袖が似合う華やかな顔立ちをしている。ほかの女たちが素知らぬ風でこちらを窺っていることも伝わってきた。

「なに、妹へ土産をね」

さりげない口調で応えると、娘がかすかな安堵を唇もとに浮かべる。妹などいないが、こういった方がなにかと上手くいくことは知っていた。

「やさしい兄《あに》さんなのね」

思った通り、娘は話の糸口を摑んだ体で一歩進み出る。髪には花びらの簪を挿していた。

「あんたなら、どれが嬉しい」

ごく平坦な口ぶりでいちばん聞きたいことを問うたあと、それ、よく似合ってるなと娘の簪を指して付けくわえる。ありがとう、と嬉しげな声を立てたあと、女はしばし考えこむ風情になった。じぶんの髪に手を当て、ぽつりとつぶやく。

「そうね、これは気に入ってるんだけど」

そのしぐさのまま、ゆっくり目を滑らせる。「おあしさえあれば、やっぱりあれかしら」

眼差しの先にあった鶴の簪を手に取り、ありがとよ、といって帳場に向かう。あっ、ねえ、と不満げな声をあげる娘のほうは振り向かなかった。店主らしき老婆へ詰め寄るようにしていう。

「すまない、武蔵屋のもんだが、手持ちが足りねえ。すぐ届けるから、いまはこれで頼む」

一分金を二枚差し出し、店の名が書かれた羽織の襟元をしめす。じっさいはもう一枚残っているが、金持ちにかぎって釣り銭がないと不機嫌になる。むぞうさに渡してはきたものの、いくら預けたかも覚えているに違いない。一枚はおそのに返して、残りは後日、自分の懐から払うつもりだった。思ったよりも安くいい品が手に入れば、嬉しくない者はいない。

むろん、そこまでしなくとも誰も困らないし、おのれの金を出すことなど求められてはいないと分かっている。が、望まれた通りのことをただ果たしても、何も返って来はしない。期待というものは、越えた先にしか意味がないのだった。

包んでもらった簪を懐に入れ、金を渡す。声をかけてきた娘はあからさまに気色を損じていたが、かまっているゆとりはなかった。いそいで表に出たせいで、降りそそぐ陽光をひときわ眩しく感じる。きっと上手くいく、と胸の裡で幾度も繰りかえした。

まといつく大気を押しのけるように歩を進めていると、行く手から見覚えのある顔がこちらへ向かって近づいてくる。逆光になっていたため気づくのが遅れたが、ひときわ大きな団子鼻がはっきりと目に留まった。梅吉に相違ない。使いでも頼まれたのだろうが、どこか上の空なようすで俯きがちに歩いていた。

声をかけようかと思ったが、どういうわけか梅吉の面もちはひどく強張っており、躊躇《ためら》うものを覚えた。通りの反対側でもあり、迷っているうちに相手の影が遠ざかってゆく。秀太郎はこころ急くものを感じながら足を止め、ぞんがい肩幅のある背なかを見送った。ひとあしごとにその後ろ姿が小さくなってゆく。つかのま逡巡したものの、結局身をひるがえして跡を追った。

刻がないのは承知しているが、なぜかそのままにしておけなかった。三間ほどのへだたりを置いて付いてゆく。このあたりに馴染みがあるのか、梅吉の足どりに迷いは見られず、人通りの多い道をすんなりと歩いていった。

さすがに引き返さなくてはと思いはじめたころ、梅吉が身をひねり、右手に覗く小路へ入ってゆく。角まで追い、そろそろと顔だけ出して行く手をうかがった。

背を見せた梅吉が、かたわらの塀に身を寄せてだれかと話し込んでいる。ほとんど日の差さぬ路地の奥だから相手の顔までは見えないが、梅吉とおなじくらいの背格好で、上体が不自然なほどに傾《かし》いでいるようだった。

そこまで見届けたところで頭上を振り仰ぎ、日ざしの高さをたしかめた。おのれへ言い聞かせるようにひとつ大きくうなずくと、おもむろに踵を返す。いまなら稽古の終わりに間に合うはずだった。

三

「そうか、おみよは嫁にいったのか」

秀太郎がひとりごつようにいうと、卓のむこうで丼飯を掻きこみながら梅吉がうなずき返してくる。夕餉は店で出ているはずだから、よく食えるなと呆れたが、止める気はなかった。

おなじ長屋で育った知り合いの消息を聞きながら、飯屋で一杯やっている。すでにあたりは暗くなっているが、住み込みの身では、そうながく店を空けるわけにもいかない。まずは軽く旧交をあたためるというところだった。日本橋で見かけた件を聞いてみようかと思ったが、まだ口にしてはいない。むしろ、その話柄《わへい》を避けているじぶんに気づいていた。

おみよというのは秀太郎よりふたつ下の娘で、長屋にいたころはよくいっしょに遊んでいた。惚れていたのかどうか自分でもはっきりしないし、まだそういう齢でもなかったが、嫁にいったと聞けば、胸の奥がかすかに疼く。そのくらいには思っていたということだろう。とはいえ、今さらどうこうしようなどとは考えるわけもない。おそらくはもう、住む世間も違っているはずだった。

「あとそうだ、定公《さだ》はどうした」

心もちを切り換えるようにして問う。やはり幼なじみのひとりで、同い齢ながらいっぱしの悪党を気どりたがる男だった。聞いてはみたものの、べつにそれほど関心があるわけではない。話の接《つ》ぎ穂《ほ》というやつである。

が、梅吉はにわかに口をつぐみ、徳利へ手を伸ばして所在なげに振る。わずかばかり残っていた酒が、ちゃぷりと音を立てた。秀太郎は眉をひそめて目のまえの団子鼻を見つめる。

「どうかしたのかい」

問う声が、われしらず掠れている。梅吉は面を伏せ、聞き取りにくい声で発した。

「死んだよ、刺されて」

秀太郎は唇を噛み、膝に両手をついた。返すことばを見出せぬまま、視界が色を失ってゆく。だれになぜ刺されたのか尋ねるべきかもしれないが、そんな気にはなれなかった。どうせつまらぬことで刃を振るい合ったに違いない。おどろきはしたものの、いかにもありそうな話と思える。いい死に方をしたと聞いたら、そちらのほうが不思議というたぐいの男だった。

生まれ育った長屋の光景が眼裏《まなうら》いっぱいに広がる。裏店《うらだな》などどこでも似たようなものだろうが、とりわけ貧しい一郭で、崩れかけた家々が凭《もた》れ合ってどうにか立っている、というふうなたたずまいだった。鼻を突くどぶの匂いまで、まざまざと思い出せる。

あそこに生まれていなければ、と呪う心もちはむろんあるが、そこに足を取られている者を引っ張り上げてくれるやつはいない。そんなことにも気づかぬまま、定は死んだのだろう。

たいていの者は生まれたところを懐かしく感じるのかもしれないが、あの長屋にそうした思いを抱けというのは、どだい無理な話だった。朝から晩までどこかの家で怒号が響き、女や子どもの泣き声と悲鳴がそれに混じる。じかに見たことはないが、とつぜんいなくなった男の何人かは小名木川に浮かんでいたという。

秀太郎もご多分に洩れず、誰かれかまわず喧嘩をふっかけて歩くのが常だった。内心では馬鹿馬鹿しいと思っていたが、そうしなければ舐められるしかないようなところである。が、梅吉とはいくらか齢が離れていたせいもあって、ぶつかったことがない。いちどひどく虱《しらみ》にやられたとかで髪はすっかり刈られていて、もともとの顔立ちとも相まって地蔵のような風情をたたえていた。その頭を撫でる感触が心地よく、何かというと手を伸ばしていたものである。

刺されて死んだという定は秀太郎の喧嘩相手で、何日かに一度は口論のすえ取っ組み合いになった。そうしたとき、梅吉はわけも分からぬまま秀太郎に加勢し、定に飛びついてゆく。よけいなことをするなと叱りつけてもやめようとせず、噛みついた鼻面を殴りつけられては、しょっちゅう血を流していた。こびりついた汚れを井戸端で洗い流しながら、ふたりして笑いあったことも覚えている。ひょっとしたら、あれが楽しいという気もちだったのかもしれない。

親兄弟に告げず長屋を出るときも、梅吉にだけは断りを入れた。泣き出しそうになるのをこらえ、唇をわななかせながら、

「また会えるよな、な」

縋《すが》るような声で言われたのが最後である。自分がどう答えたのかは覚えていなかった。

澱んだ記憶を掻き混ぜるようにして、盃へ手を伸ばす。さほど呑みたいわけでもなかったが、ひと息に呷《あお》った。頭のなかの裏長屋を消し去るように、まっすぐ眉の伸びたおそのの面ざしを浮かべる。

たかが手代の身には痛い費《つい》えとなったが、おそのは鶴の簪を気に入り、前にも増して秀太郎を贔屓《ひいき》とするようになった。あとでそれとなく確かめたところ、やはり蝶のほうはとうから手に入れており、すでに飽きて仕舞ってあるらしい。花びらの簪ならどうだったかまでは分からぬが、よい目が出たのだから、顧みる必要はない。

頭をしぼった甲斐があったというものの、ここでいい気になってはならなかった。跡取り娘の好意というものは、ことのほか目につく。嫌われてはならないが、度を越して好かれるのもよくなかった。じぶんは婿になることなど考えてもいないが、狙っているやつは大勢いるだろう。むだな妬みを買うと、さまざまやりにくくなるに相違なかった。考えねばならぬことは、いつまで

経ってもなくなりはしない。

だが、そんな話を梅吉にするつもりはなかった。相手は雇われたばかりの小僧である。お嬢さんとの程よいへだたりをどう作るかなど、ただの自慢話にしか聞こえないだろう。

「……で、すこしは慣れたか」

話を変えるようにして、ことさら何げない口ぶりでいった。そうしながらもひとりでに手が動き、梅吉の盃を満たしている。相手は、すまねえなと肩を竦めながら、こぼれそうになった酒をあわてて啜った。そのさまを見つめながら、おのれへ言い聞かせるようにつぶやく。

「何か困ったことがあったら、言うといい」

これ以上裏長屋の話をする気が失せたのはもちろんだが、久しぶりに会った弟分の世話を焼いてやりたいような心もちも、じっさい芽生えている。自分でも意外だったが、やはり幼なじみというのは、とくべつなものらしかった。

が、当の梅吉はかえって居心地わるげな体となり、盃を手にしたまま俯いている。よく見ると、ごつごつした指先がかすかに震えていた。

どうしたんだよ、と口にしかけて、なぜかことばが出なくなる。どこかうそ寒い面もちで日本橋の大通りを歩く梅吉の姿が胸のうちに蘇ってきた。

四

番頭を探しながら母屋へ向かっていると、中庭の隅でうずくまっている影が目に留まる。塀に凭れかかり、膝をかかえるようにしていた。たしかめるまでもなく梅吉だと気づく。秀太郎は駆け寄り、搔《か》き毟《むし》って乱れたとおぼしき髷を上から覗きこんだ。

「……兄い」

蒼ざめた面もちが、こちらを仰ぐ。もともと締まりのない顔立ちが、さらに弛《たる》んでいた。総身に力が入らず、崩れてゆくのを止められぬというふうに見える。問いかけるまえに、梅吉が荒い息を洩らして色のない唇を震わせた。

「すまねえ、ちょっとめまいがして」

「具合悪いのか」

しゃがみこんで正面からようすを窺おうとしても、梅吉はいやいやをするようにかぶりを振って目を合わせようとしない。預かっていた土蔵の鍵を早く番頭に返さなければならないが、このまま放っておくわけにもいかなかった。肌の面にうっすらと滲んでいた汗があらためて吹き出し、背を伝う。

「なんにせよ、だまって休んでいちゃあ、あとで叱られる。おれから番頭さんに口添えしてやるから、ちょっと来《き》ねえ」

「いや、大丈夫だって」

いいざま、腰を起こそうとする。足もとがふらついてはいたが、塀についた片手を支えにして、どうにか立ち上がった。

「おい――」

呼びかけはしたものの、梅吉は頭をかるく振ってみせただけで、蒼白となった面を俯かせたまま立ち去ってゆく。おぼつかぬ足どりで遠ざかるうしろ姿を、無言のまま見送った。

気にはなったが、梅吉にばかりかかずらわっているわけにもいかない。ようやく番頭を見つけて鍵を渡したあとは、おそのの付き添いをひさしぶりに命じられ、昼飯を食べる暇もなかった。稽古のあいだに蕎麦でも掻き込みたいところだが、葱《ねぎ》の匂いなどさせたまま戻っては、先日手に入れた白星が台無しとなる。驚くくらいつまらぬことで大事なものがふいになるさまを、いやというほど見てきた。

それなりの刻を耐えれば、空腹はやり過ごせる。稽古が終わって夕映えがただよいはじめたころには、すでに峠を越していた。半月以上ごぶさただったせいか、おそのはことのほか上機嫌で、どうでもいいような話を引っきりなしにしながら歩をすすめる。愛想よくそれに応じてはいたが、重い疲れが軀の芯にまといつくのを覚えていた。やけに長く感じる道のりを辿って、ようやく武蔵屋の近くまで戻ってくる。

秀太郎は、われしらず零しそうになった吐息を飲み込んだ。四、五間ほど向こうで薄暮の色に滲む人影が目に映ったのである。斜光を掻い潜るように眼差しを凝らすと、四十がらみとおぼしき男が足を引きずりながら一歩ずつこちらに近づいてくる。生まれつきなのか大けがの名残りなのか、足の長さが不揃いで、肩がひどく傾いでいた。覚えのあるかたちが瞼の裏で明滅し、目のまえの姿と重なる。いつぞや梅吉と話をしていたのは、この男だと思えた。

おそのは男が目に入っていないらしく、なにを感じたようすもなく喋りつづけている。相手もおなじなのか、擦れ違うときも視線を向けてすらこなかった。秀太郎だけが、身の内を這う悪寒に耐えている。耳の奥で、地をこするような男の足音が大きく高鳴っていた。

五

庭の隅にそびえる松の影が、あるかなきかの月明かりに照らし出されていた。新月が近づいているせいか、ことのほか夜が溟《くら》く重いものに感じられる。澱んだ湿り気が喉をふさぐように押し寄せてきた。

秀太郎は裏口の戸に身を寄せ、なかば目を閉じたまま腕を組んでいる。そうしてたたずんでいると、母屋で寝入った者の息づかいさえ聞こえてくるようだった。おのれも庭の一部となったかのごとく、身じろぎもせず立ちつくす。

するうち、かすかな物音が耳の奥に刺さる。そちらへ顔を向けるようにして聴き入った。ややあって、足音を立てぬよう、草履を脱いでそろそろと歩みはじめる。草の先が蹠《あしのうら》をかるく突いた。母屋に近づいたところで、左手のほうへ向きを変える。

爪先を止め、これ以上ないというほど耳に注意をあつめた。目のまえに伸びる縁の下から、土の擦れるような響きが聞こえてくる。息を凝らして窺っていると、その音は少しずつこちらへ進んでくるらしかった。

やがて縁の奥からずりりと音を立てながら、大きく丸い頭があらわれる。秀太郎は一拍だけ置いて、その先の細くなったところをひといきに踏みつけた。

ぐわっと呻き声をあげそうになった梅吉が、けんめいに堪えて身をよじる。秀太郎は足先に力を籠め、そのまま相手の首すじを二度三度と地に押しつけた。梅吉が喉を鳴らし、救いをもとめるように掌をばたつかせる。

襟をつかんで縁の下から引きずりだすと、すでにぐったりとなった相手が地に手をついて肩を波打たせる。指の力をゆるめると、にわかに身を揉んで逃れようとした。

「このっ――」

みじかく発して横っ面を殴りつける。いきおいよく転がった梅吉が、ひっと叫んで頬を押さえた。おぼつかぬ手つきで懐から取り出した匕首《あいくち》を、秀太郎の爪先がすばやく蹴り上げる。か細い月光に閃く刃が庭のどこかへ飛んで、すぐに見えなくなった。もういちど拳を見舞うまでもなく、腰をついた梅吉が身を震わせる。

「てめえ」

秀太郎が一歩近寄ると、怯えたように後ずさる。じぶんの声がひどく険しく響くのを感じていた。「縁の下から忍びこめるところを探ってやがったな。盗人かなにかの一味か」

か、勘弁してくれと上ずった声をあげる梅吉を見下ろし、秀太郎はやるせなげにつぶやいた。

「おめえだけは……いや、おめえもやっぱり、そうなっちまうのかよ」

「…………」

「うんざりなんだよ、あんな長屋に生まれたら、まともな暮らしは送れないって見せつけられるのは」

面をあげた梅吉が、怖れに満ちた視線を向けてくる。秀太郎が射るような眼差しで見据えると、観念した体で、ぽつぽつと語りはじめた。

十二歳のとき小僧として入った太物《ふともの》問屋を振り出しに、梅吉は十近いお店《たな》に奉公したが、いちばん長くて一年と持たなかった。気が利かず、先回りして相手の意を察することができないうえ、手先も器用とはいえなかったから、任された仕事もしくじりが多い。馘になるのも早かったし、なによりそうしたことを繰りかえしているあいだに、梅吉じしんがまともに働く心もちを失っていったのだった。

なけなしの金で賭場へ入り浸るうち、おなじように世の中からあぶれた連中と知り合う。そのなかのひとりが先日見かけた足の悪い男で、少しずつ親しくなったあと、思いがけない話を持ちかけられた。

さる盗人の一団が日本橋の大店・武蔵屋に目をつけている。小僧として店に入り込み、間取りなどを探ってきてほしいという。時おり呼びだされては首尾を伝えていたが、相手も焦《じ》れてきたのか、日に幾度も店の近くまで来るようになり、しだいに追い詰められていった。いつぞや庭の隅で蒼ざめていたのは、そういうことらしい。秀太郎は溢れ出そうになる吐息を呑み込んだ。

「なんだって、おめえみたいな……」

愚図に、ということばを発するまでもなく、からくりの見当はついていた。配下の者を潜りこませたほうが成功する目は増すが、しくじって足がついたとき、一味が残らずお縄になることもあり得る。縁の薄いあぶれ者を使えば、かりに上手くいかなくとも、かんたんに切り捨てられるという算段だろう。この男は結局、だれからも当てにされてはいないのだった。

「まさか、兄いのいる店だとは思わなくてよ」

言い淀みながら、梅吉が心底すまなそうにうなだれた。あちこち泥のこびりついた顔をかすかな月光が照らしている。そのことばに嘘のにおいは感じられなかった。

「兄いがこんな大店で重宝されてるのを見て、ほんとに驚いたんだ。こんな道もあるんだって、考えたこともなかった」

そこまでひといきにいって、醜いといえるまでに頰を歪める。「けど、おれには無理だ」

「なんで、そう決めつける」

きびしい声で詰め寄ると、梅吉はどこか開き直ったような口調で吐き捨てた。

「兄いみたいな才なんて、どこをひっくり返しても出てきやしない。おれだけじゃねえ、たいがいの奴がそうだ」

裏店で生まれたら、ずっと裏通りなんだよ、と重い声でつづける。秀太郎はことばを失った。甘えんじゃねえといいたかったが、梅吉のいうことに一抹の道理が含まれているのも分かっている。額に浮いた汗が目へ流れこみ、袖で乱暴に拭った。

そのまま手を懐に入れ、つまみだした巾着から一分金を二枚取りだす。腰を落として梅吉と向き合うと、また後じさりしそうになる相手の手をつかみ、金を握らせた。梅吉は戸惑いをあらわにして指先を震わせている。

「逃げな」

「えっ」

梅吉が裏返った叫びをあげる。秀太郎は唇のまえに人差し指を当てると、

「おめえはまだ何もしちゃいねえ」

低い声でささやいた。「汚れちまう前に下総《しもうさ》あたりへ行って、畑でもやるといい」

でもこんなに、と口籠もりながら梅吉が掌の一分金を見つめる。この五年間、必死で貯めてきたもので、むろん、秀太郎にとっても少ない額ではない。おそのの簪に身銭を切らなければもっと渡せたろうが、梅吉がやり直す元手くらいにはなるはずだった。

「とにかく、今のうちに行け。朝になったら町木戸も開く」

追い立てるようにして裏口を開ける。相手は及び腰のまま、拝むふうなしぐさを繰りかえした。

「すまねえ、ほんとうにすまねえ」

「いいから、はやく」

外へ滑りだした梅吉が、つかのま足をとめた。唇をわななかせて秀太郎の面を見つめる。おもわずこちらが目を逸らすほど、まっすぐな視線だった。

「きっといつか、大手を振って会いにくるからよ」

それだけ告げると、梅吉は数え切れぬほど頭を下げながら、夜の向こうに溶け込んでいった。

目の前まで押し迫る濃い闇を見やり、秀太郎は肩を落とす。梅吉の姿は、もうどこにもなかっ

た。はやく戸を閉めなければと思いながら、動けずにいる。

「――もう、すんだかい」

ふいに、開いた戸の向こうからしゃがれた声が投げられる。秀太郎はかろうじて呻き声を飲み込み、面を向けた。とぼしい月明かりのなか、肩を大きく傾がせた四十がらみの男が、心もちをうかがわせぬ表情でおのれを見上げている。秀太郎は眼差しに鋭さをこめて発した。

「手の込んだことしやがって」

男はふっと笑うと、いくらか大仰な口調でいった。

「たまたま賭場であの野郎と知り合ってな。生まれを聞いたら、おめえと同じ長屋じゃねえか。こいつは恐らく、と思って仕組んでみたのよ」

当たりだったらしいな、と乾いた笑い声をあげる。日本橋の路地では、この男の影くらいしかうかがえなかった。あるいはと思ったが、たしかめるのを恐れる気もちがまさり、梅吉にも問えずじまいだったのである。最後にあらわれたのは自分への念押しでもあったのだろう、店の近くで男を見かけ、すべてのからくりを察したのだった。

秀太郎は溜め息まじりにことばを押し出す。

「……催促するなら、ほかにやり方があるだろうが」

「ちょっとした座興ってとこよ。お頭もだいぶと痺《しび》れを切らしていなさるから、これくらいしないと間がもたねえ」

睨むように男を見据えると、袂に手を入れ、ぐいと拳を伸ばして突きつける。相手は動じる気配もなく、片方の目だけを器用に細めた。ひとことも発さぬまま、秀太郎は手を開く。粘土の塊が掌のうえに載っていた。

「おお、土蔵の鍵型かい」

男が謡《うた》うような口ぶりでいう。秀太郎は重いしぐさでうなずきながら、ああ、とつぶやいた。

「鍵を預けてもらうまで五年かかったぜ」

「そうだろうとも。よくやったな、お頭も悦《よろこ》ぶだろう。これで間違いなく、おめえが次の頭目に……」

そんなこたぁどうでもいい、と叩きつけるようにいうと、男は唇を歪めてささやいた。

「これさえ手に入りゃ、むだに待ってることはねえ。間取りは何年も前から分かってんだ。明日にでも――」

「……ずいぶん急だな」

わずかに声が上ずる。男がひどく愉快げな声を洩らした。

「なんだ、情でも湧いたのかい」

秀太郎はぐっと息を呑んで相手を睨《ね》めつける。月明かりと湿った闇が、まだらに男の面を覆っていた。

「馬鹿いってんじゃねえ。おれはいつでも構わないぜ」

男が甲高い声をあげて笑う。

「だったら、明日だな。お頭もそう仰るだろう」

「――分かった。この戸を開けておく」

よろしくな、と言い置いて男がふぞろいな足を踏み出す。二、三歩あるいてから、思い出したように振り返った。

「娘はどうする」

「好きにしな。おれはいい」

好みじゃねえんでな、と目を伏せて言い添えると、男がまた笑い声を立てた。

「いいんだぜ、悪《わる》ぶらなくても」

「ぶるも何も」秀太郎はひとりごつような口調でいった。じぶんでも分かるほど冷え冷えとした声になっている。「おれたちが悪じゃなきゃ、だれがそうなんだ」

違えねえ、と虚空へ向かって声を投げ、男が踵を返す。立ち去りながら、誰にともなく告げた。

「おめえなら、ほんとにこの店の手代が務まったろうにな」

「…………」

それ以上ことばを返すことはせず、裏口を閉める。閂《かんぬき》を通すと、重く軋むごとき音が耳の底を掻きまわした。戸に背を凭せかけ、くずれるように腰をつく。抑えようとしても、体が震えだすのを止められなかった。

男がいったことなど、すでに何百遍も考えていたが、もう遅かった。いまさら足抜けなどできるわけもない。たとえ逃げたところで必ず見つけ出して葬られる。そうした例はいくつも見てきた。死にたくなければ、このまま進むしかない。

気がつくと、これ以上ないというくらい唇を嚙みしめている。破れて血が流れてもおかしくないほどだった。

いちど裏長屋に生まれたら、ふたたび表通りは歩けない、と思っているわけではなかった。おのれの才覚で日の当たる場所へ出られるやつも、きっといるに違いない。じぶんがそうではなかった、というだけのことだった。

濃い闇のなかに梅吉の面ざしが浮かび上がる。いましがた別れたばかりの姿ではなく、おなじ長屋で遊んだころの幼い顔だった。手ざわりのいい坊主頭で、顔をくしゃくしゃにして、兄いと呼ぶ声まで思い出せる。

一味も行きずりの男まで追いはしないだろう。どのみち、梅吉のことなど誰の眼中にもない。あとは本人しだいだった。

夜の町を喘ぎながら逃げていく幼なじみの姿を脳裡に描く。おめえはどうか脱け出してくれと願ったが、引き換えのようにして饐えた長屋の匂いがまざまざと鼻先によみがえる。おのれの思いがどこか虚しく響くことも、はっきりと感じていた。

半分

一

声をかけるのと腰高障子をひらくのは、どちらが先だったか分からない。土間に足を踏み入れると、薄暗く狭いひと間に敷かれた布団が目に飛び込んできた。横たわった顔には白い布がかけられている。まわりを囲んだいくつかの目がこちらを向いたが、挨拶を口にするゆとりもなかった。

おゆみは慌しく草履を脱ぐと、駆けるようにして四畳半へあがる。履き物くらいそろえておくれよ、といつも亭主の仁吉《にきち》に文句をいっていることなど、頭から消し飛んでいた。

「のぶちゃん――」

呼んでも応えないと分かっているのに、幼なじみの名を口にしてしまう。枕もとに座っていた少年が黙って手を伸ばし、白い布を取ってくれた。

娘時分いつも血色のよかったおのぶの顔は蒼みがかった灰色にかわり、唇はどす黒いほどの紫となっている。骸《むくろ》であることは差し引いても、長く会わぬ間に面変わりしたようだった。

あんた色々あったんだろうね、と思った瞬間、瞼から熱い滴《しずく》がこぼれそうになる。あわてて唇をむすび、部屋のなかを見まわした。近所のおかみさんとおぼしき中年女がひとり、白布を取り除《の》けてくれた少年と、まだ小さい女の子はおのぶの子どもに違いない。泣くのはひとしきり済んだあとと見え、みな肩を落とし俯いてはいたが、涙はこぼしていなかった。ここであたしが泣いてどうするんだと、唇を噛みしめつづける。二、三度、うっという声が洩れはしたが、どうにか怺《こら》えることができた。

おのぶとは生まれた長屋も齢もおなじで、幼いころから姉妹のようにして育った。どちらかといえば、おゆみの方がしっかりものの姉貴分と見られがちだったが、じっさいはそうでもなかったと思っている。

とびきりうつくしいというわけではなかったが、おのぶには、どこかしら華と呼ぶべきものがあって、言い寄る男は多かった。それでいて、十七ではやばやと三つ上の大工と所帯を持ち、日本橋の照降町《てりふりちょう》から橋を渡って深川に越してしまう。当時はもっとじっくり決めればいいのにと感じたが、じぶんの欲しいものや必要なものが分かっていたらしい。よけいな廻り道はしないというこ とのようだった。

意外と思いきりの悪いおゆみがぐずぐずひとりでいるうち、翌年にはもう子を産んだ。会うのははじめてだから実感はないが、それがさっきおのぶの死に顔を見せてくれた少年だろう。たしか草太《そうた》という名だったはずである。

はず、というのは、すべて人づてに聞いた話だったからにほかならない。あれほど仲がよかったのに、おゆみは幼なじみの住まいを訪ねようとしなかった。所帯を持つにせよ子を産むにせよ、一歩も二歩も先をいくおのぶに会うのが気重だったのである。縁があってひとの女房となったあとも子にはめぐまれなかったから、おのぶが里帰りしてくると聞けば、用事をつくって巧妙に避けつづけた。

そうして時をやり過ごしているうち、おのぶの境涯が大きく変わる。働きもので気風《きっぷ》のいい男だったと聞く亭主が、流行《はや》り風邪であっけなく死んでしまったのだった。

親もとに戻ってくればいいようなものの、まわりから憐れむふうな目で見られるのが嫌だったのだろう、おのぶはそのまま呑み屋ではたらき、子どもを育てつづけた。いつも心もちのどこかに引っかかってはいたが、じぶんが屈託を感じていただけに、こんどはこちらがささやかな幸せを見せつけるつもりだと思われはしないか気にかかる。躊躇《ためら》っているうち、どんどん足が重くなっていった。

おのぶが死んだという知らせを受けたのは、今朝のことである。すでにふた親も亡くなっており、そのときが来たら、おゆみに知らせるよう、近所のものに頼んでいたという。もといた長屋に使いがおとずれ、いまいる小松町《こまつちょう》の住まいを知っているものが取り次いでくれたのだった。

「……ちょっといいかい」

枕頭《ちんとう》につらなった中年女が立ち上がり、ささやきかけてくる。おゆみはうなずいて腰をあげた。じぶんに使いを出したのは、この女らしい。何となく、外に出たほうがいいと感じる。隅に置かれた箱は大工道具をしまったものだろう。躓《つまず》きそうになるのをよけて土間に向かう。ふたりが履き物に足を通すさまを草太が横目で見ていたが、声をかけてはこなかった。

建てつけのわるい腰高障子を開けて外に出ると、重く湿った風が押し寄せてくる。秋とも思えぬ蒸し暑い日がつづいていて、どうかすると蟬の声さえ聞こえてきそうだった。女はいくぶん迷うふうな気配を見せたが、もともと肚を決めていたらしい。さほど間を置かず、口をひらいた。

「あんた、どれくらい知ってるんだい」

おのぶさんのこと、と言い添えながら憂わしげに眉を寄せる。

「……いえ、ほとんどなにも」

ちょっとした嘘がこぼれ出た。昨年、もといた長屋の住人と町角で出くわし、おのぶの母が亡くなったと聞いたのである。そのとき、当人の消息も耳に入っていた。

女は声を低め、じゃあ話しとかないとね、といった。おゆみは息を凝らして相手のことばを待ち受ける。あらためて聞かされるのは気が滅入る思いだったが、知っていますと告げる勇気はなかった。

亭主に死なれたあと、おのぶは転落といっていい道すじを辿っていた。はたらいていた呑み屋の客といい仲になり子を孕《はら》んだが、男はそれを知って行方をくらましたらしい。あるいは、もと女房持ちだったのかもしれない。結局、父親のいぬまま女の子を生んだが軀《からだ》の具合が思わしくない、というあたりまでが、おゆみの知っているところだった。

それを伝えた相手も、おのぶとの仲はよく知っているから、見舞ってやりなよと言外にいっているのが分かった。むろん、そうしたい気もちもなくはなかったが、なにか底の見えぬ淵を覗きこむような思いがして踏み切れなかったのである。もし金を貸してくれなどとせがまれたら、どうしようという懸念もあった。

ひとひととの間が近づく頃合いというのはたしかにあって、それからひと月ほどして、おゆみは当のおのぶを見かけた。夏の盛りだったが、亭主の仕事場に届け物をするため永代橋を渡っていると、欄干に寄りかかって気だるげに川面を見つめる女がいる。ずいぶん会っていなかったが、すぐに分かった。

おのぶは何をするでもなく、ただうなだれて吐息をこぼしている。欄干に支えられていなくては、立っていられぬというふうに見えた。遠目からでも窶《やつ》れたさまがはっきりとうかがえる。

声をかけようとは思えなかった。おゆみは忌まわしいものでも避けるようにして橋の反対側に寄り、急ぎ足で立ち去ったのである。疚《やま》しさはあったが、恐ろしさのほうがまさった。それが一年ほど前ということになる。

おのぶはそのままはたらきつづけ、ついに力尽きたようだった。しばらく前から、自分が死んだら、おゆみを呼んでくれと言い置いていたらしい。

——ほかにだれもいなかったんだ……。

さっきかろうじて抑えたものが、喉を突いて出そうになる。今さらという以外ないが、おのぶがどんな思いで日々を過ごしていたのかと思うと、いたたまれぬものを覚えた。できることはいくらもあったはずが、恐れとか引け目というようなものに足を取られて動けなかったのである。有り体にいえば逃げたのだと思った。

「それで、あの子たちのことなんだけど」

口籠もりながら女がいった。おゆみは、ええ、とつぶやき、洩らしそうになった溜め息を呑みこむ。言いたいことは、だいたい見当がついた。

草太が十七歳というのは知っていたが、父親ちがいの妹はお咲《さき》といって、まだ六つだという。少年は大工修業で親方のもとに住みこんでいたところ、おのぶが動けなくなり、母親とおさない妹の世話をするため、やめて戻ってこざるを得なかった。これからは草太の稼ぎだけで妹をやしなっていかねばならない。長屋の者たちとてその日暮らしだから、ろくな助けができるはずはなかった。

いいえ、押しつける気はないんだけどね、と上目遣いにつぶやいてはいるものの、ようはどうにかしてくれということに違いない。困ったなと思いはしたが、無理もないといえた。あたしもべつに親しかったわけじゃないから、とつづける女の声が耳を素通りしてゆく。

「あの……」

背後から、ためらいがちな声が呼びかけてくる。いつの間にか草太が表に出て、おゆみと女の方を見やっていた。お日さまの下で見ると、少年の瞳はいくぶん茶色がかっていて、目の奥まで見通せるほど澄んでいるように見える。

「だいじょうぶです、じぶんでやれるから」

おもわず、えっと声をあげると、草太はどこか投げやりな笑みを浮かべて頭を下げた。

「ひとさまに厄介かけるわけにはいかないんで」

とっさに息を呑みこむ。子のいない身には、この年ごろの男の子がどういうものか分からないが、ひとさまなどということばがためらいもなく出てくる者はそう多くないだろう。

女もおなじことを考えたのか、居心地わるげに身をくねらせる。

「そんな、厄介なんて思ってるわけないだろ」

近所のよしみじゃないか、とことさら声を高め、どこか助けをもとめるふうな眼差しをこちらに向けてくる。それに釣られたわけではないが、知らぬ間に一歩足を踏みだしていた。少年がうかがうような視線でおゆみの動きを見守っている。その眼差しを受けとめるように見返した。

この子には放っておけないところがある、と感じていた。理由はないが、ひろい原野に一本だけ生いたつ杉のごとく、だれからも離れたところに立っているひとのような気がしたのである。

おゆみは鳶色の瞳を見つめながら告げた。

「じぶんだけで無理するもんじゃないわ。家《うち》のひとも大工でね。いちど話してみるから」

そういった刹那、草太の頬が皮肉げに歪んだ。戸惑っているうち、少年がおもむろに唇をひらく。

「……ありがとう。でも」

「え」

「無理はしてません」

ずっとそうしてきたから、と言いざま身をひるがえして腰高障子を開ける。呼びとめる間もなく、引き締まった長身の影が家のうちに飛びこんでいった。

二

人手は足りてるからな、といって仁吉が頭を掻いた。

「それに、まだ一人まえじゃねえんだろう、そいつは」

亭主の好きな栗飯をよそいながら、よく知らないけど、と応える。が、十七歳ならたぶんそうなのだろう。深川から戻るそうそう仁吉に相談してはみたものの、すんなりとはいきそうになかった。話してみるといったときは、どうにかなる気もしていたが、甘かったのかもしれない。

「まあ、親方にはいちおう聞いてみるけどな」

差し出した飯椀にかぶりつき、気のない口ぶりでいう。仁吉からすれば、縁も義理もない兄妹だから、無理もない。耳を傾けてくれるだけいいともいえた。

仁吉といっしょになって十五年近くになる。齢はおゆみやおのぶとおなじ三十四で、子にはめぐまれぬまま、ふたりで暮らしてきた。そろそろ嫁《い》かないと肩身がせまいと思いはじめたころ出会ったのが縁で、燃え立つ気もちがあって添うたわけではないものの、年がら年じゅう喧嘩の絶えない隣の夫婦などにくらべれば、総じて波風の少ない暮らしを送れてきたと思っている。気概というものにはいくぶん欠けた男で、まだ一本立ちもしていないが、食べていけているのだから、文句はなかった。じぶんの椀にも栗飯をよそい、おゆみはうかがうように告げる。

「しばらくのあいだ、時々ようすを見に行くことにしようと思って……佐賀町《さがちょう》ならそう遠くもないし、いいかしら」

そりゃ構わねえが、と応えて、仁吉が鰺《あじ》の身をほぐす。箸でつまみながら小首をかしげた。

「おめえもたいへんだな。正直、そこまでしなくてももって気はするけどよ」

「……ふるい友だちの子だもの」

放っとけないでしょう、とつぶやいて眼差しを逸らした。永代橋の欄干に寄りかかる憔悴しきった横顔が、頭の奥から去らない。

箸を動かすのも忘れて、椀のなかに目を落とす。ひとつふたつ覗く栗を見るうち、草太の目とおなじ色だなと感じた。

三

いまにも崩れそうな長屋の木戸をくぐると、すぐ脇のところに女の子がしゃがみ、手に持った木の枝を動かしている。落書きをしているというよりは、ただ地面を引っ掻いているだけに見えた。

「お咲ちゃん」

名まえを覚えていてよかったと安堵しながら呼びかけると、おのぶの娘がゆっくりと顔をあげた。おゆみは、つかのま息を詰める。少女の瞳はどこか濁り、ぼんやりした翳《かげ》がかかっているようだった。

「あたしよ、ほら、おっ母さんのともだちの、おゆみ」

ことさら明るい声を出してから、おっ母さんの、はよくなかったかと思った。ほかに言いようもないとはいえ、おのぶが亡くなったことをあらためて突きつけたのではないかと案じたのである。

が、お咲はとくに何か感じたようすもなく、光のない目を伏せて、

「おゆみ……」

呪文のように繰りかえした。手だけはその間も動き、黒く湿った土の面に意味のない線を引きつづけている。それを眺めているうち、軀がしぜんに動いて膝を折り、少女と目を合わせるくらいに屈みこんだ。

「そう、おゆみ。おみやげ持ってきたの」

膝の上に置いた風呂敷包みを目でしめす。具のない握り飯を竹の皮に包んだだけのものだから、おみやげもないものだが、これで精一杯なのだった。

「おみやげ……」

さいぜんと同じ、虚《うつ》ろな口調でお咲がつぶやく。子を育てたことはないが、齢のわりに応えがにぶいと感じられた。おゆみは、いくらか大げさなしぐさでうなずき返す。

「おむすびよ」

いま食べるか聞こうとして、少女の目が逸れたと気づく。その眼差しを辿ると、すこし離れた井戸端に数人の子どもが集まり、こちらを見やっていた。遊んでいたところにおゆみがあらわれ

たものらしく、胡乱《うろん》げな視線を隠そうともしない。お咲はいっしょにいなかったようだが、たまたまなのかいつものことなのかは分からなかった。

「……おうちで食べようか」

おゆみは、ためらいがちな声を洩らす。そのときになって、草太はどうしたのか気になった。近くにはいないようだが、いい働き口が、それほどすんなり見つかるご時世でもないだろう。わけもなく不安な心もちに見舞われた。

ずっとそうしてきたから、と告げた少年の声が耳の奥で鳴り響く。女ひとりで頑張ってきたおのぶに眩しいものを感じてもきたが、あるいは、あの子が多くを支えてきたのかもしれない。無茶をしなければいいが、と思った。

すこしのあいだ放心していたらしい。気がつくと、右手のあたりに重みを感じている。お咲が袖を引き、

「おうちで食べる」

籠もった声でいった。

少女を連れて家のなかに入ると、かすかに黴《かび》臭い匂いが鼻を突く。念のため米櫃を開けてみたが、やはり空だった。お兄ちゃんはと尋ねると、

「おしごと」

とだけいって、さっそく握り飯にかぶりつく。すくなくとも、今日はまだ何も口に入れていないと思われるいきおいだった。

あまりにいそいで食べたので、喉に詰まらせたらしい。お咲が、うっと妙な声をあげ、水を飲ませようとしたが、甕《かめ》のなかも空になっていた。手近にあった椀を摑んで、急ぎ足で表に出る。戸を開けた瞬間、真っ向から差しこむ日ざしに目を射られ、立ちすくむ。白くにじんだ風景が色と形を少しずつ取りもどしていった。そのなかを、こちらに近づいてくる影がある。

「草太……」

口のなかへ吞みこむようにしてつぶやく。呼び捨てるつもりはなかったが、十七の男の子に、ちゃんでもなかろうし、草太さんと呼ぶのも落ち着かなかった。

当の草太はそこにこだわりもないらしく、

「ああ——」

どこかいぶかしげに目を細め、かるく頭だけ下げておゆみの脇を通り抜ける。むろん歓迎しているふうではないが、懸念していたほど拒まれるようすもない。あるいは、そんなゆとりすらないのかもしれなかった。どうしたものか惑いながら、ともあれ井戸までいって椀に水を満たす。

小走りで戻ってくると、上がり口のすみに腰を下ろしてふたりのようすを見守る。草太がどこかで買って来たらしい総菜をお咲のまえに広げていた。菜のお浸しと搔き揚げに、小ぶりな握り飯が三つついている。草太がうながすように総菜の包みを差し出したが、少女は手をつけようとしない。喉に詰まったものは胃の腑に落ちたのか、もう苦しそうにはしていなかった。

「お腹いたいのか」

かたちのよい眉を寄せた少年の横顔を見つめながら、おゆみはおずおずと呼びかけた。

「ごめんなさい、おむすびあげちゃって……」

舌打ちでもされるかと思ったが、こちらを仰いだ草太の瞳に浮かんでいたのは当惑めいた色合いだけだった。

「まいにち仕事の帰りに食べるもの買ってくるんだ」

そのことばにも咎める響きはなかったから、とりあえず安堵する。と同時に、この少年がそう聞こえるよう気を配ったのだと分かった。理由はないが、そう感じられてならなかったのである。よく確かめもせず、お咲に握り飯をあげてしまったことが、にわかに悔やまれてきた。

「——ごめんなさい」

今いちど詫びて、ふかぶかと頭を下げる。べつにそんな、と草太が腰を浮かせ、留めるように右手を伸ばした。おゆみの目は、袖口の奥に吸い寄せられる。

小袖の隙間から覗く肱《ひじ》のあたりに、大きな擦り傷がうかがえる。とっさに少年の手を取り、袖をめくり上げていた。

掌くらいの大きさに皮が剝け、あちこち血がこびりついている。おおかた乾いてはいるが、まだじくじくと湿っているところもあった。

「ちょっと来て」

考えるよりはやく、軀が動いていた。草太の手を引いて、土間に下りる。少年は戸惑いをあらわにしていたが、拒みはしなかった。

きれいな指をしているな、と思ったのは、草太を井戸端まで連れていったときである。きつい仕事をしているのだろうが、女のようにしろく長い指をしていた。どことなく居心地がわるくなり、握っていた手を離す。そのまま水を汲んで傷口を洗ってやった。井戸のまわりに残っていた子どもや女たちが、ふしぎそうにこちらを見やっている。なかに先日の中年女もまじっていた。

「膿《う》むとたいへんだからね」

ことさら皆へ聞かせるように呼びかけると、草太が面映《おもはゆ》げにうつむき、うなずいてみせる。ほんとうは焼酎でも吹きかけてやりたいが、そんなものがあるとは思えなかった。

「仕事って……」

家の前までもどってきたところで、ようやく聞いた。井戸端から注がれる視線を避けるように、急ぎ足で土間に入る。

「日雇い」

とつぶやきながら、先に立った草太が振りかえって、おゆみの方に手をのばす。思いのほか上背のある軀が近づき、つかのま身をすくめそうになった。少年はむぞうさに腰高障子を閉めると、それくらいしかなくて、と恥ずかしそうにささやく。お咲はさっきいたところから一歩も動かず、ぼんやり虚空を見つめていた。

まいにち普請場かなにかの日雇いに出て、もらった金で帰りに総菜を買ってくるということらしい。決まった働き口が見つかればいいのだろうが、

――人手は足りてるからな。

仁吉の声が頭のなかで鳴り響く。すぐに役立つならともかく、よし分かったと見習いひとり雇

えるほどゆとりのある者は、そうそういないはずだった。

いつの間にか、うすい障子を通してほの赤い斜光が土間に流れこんでいる。秋は深まりつつあるらしく、はやくも夕暮れの気配がただよいはじめたようだった。

「そろそろ行かないと」

ごめんね、と言い添えると、草太が笑みのようなものを唇《くち》もとに刻む。おもわず小首をかしげるおゆみに、

「ごめん、ってことはないです」

少年がしずかに告げた。「ふしぎなだけで」

「え」

虚を衝かれ、つぶやきを洩らす。草太がひとりごつような口調でいった。

「来てくれると思ってなかったから」

「……来るに決まってるでしょ」

おっ母さんの友だちだもの、とじぶんでも不自然と思えるほどつよい声で応える。言い終えぬうち、草太の目を、ひどく溟《くら》い影がよぎった。

「ほかのひとは、だれも来なかった」

息を詰めて、少年の面ざしを見つめる。朱を孕んだ光に照らされ、栗色の瞳がいっそう透き通って見えた。おゆみは、その目から視線を逸らすことができずにいる。悲しいと、ひとはきれいになるのだろうかと思った瞬間、軀の芯がはげしく痛んだ。

「それは」

ようやく口にしたものの、どう続けていいのか分からない。じぶんはなぜここに来ているのだろう、とあらためて問いそうになった。おのぶとの友情というのは嘘で、ふるい友だちを見捨てたような疚しさが拭えずにいる。

あたしも来なかったうちのひとりなんだ、といいたかったが、できるはずもない。いくらか心もちを開きかけているらしい少年に失望されるのが怖かった。結局ことばを途切れさせたまま、履き物に足を通して表へ出る。お咲は座り込んだきりで、草太が門口に立って見送ってくれた。

「また来るから」

ことば短かにいうと、無言のまま頷きだけを返してくる。おゆみは踵をかえして歩きだした。しばらく進んでから振り向くと、まだ草太は表に出ていて、いくぶん決まりわるげに頭を下げてくる。こちらも礼をして、また歩をすすめた。

どことなく落ち着かぬ思いを抱きながら、さらに十歩ほどあゆんで立ち止まる。もういいだろうと思ったが、軀がひとりでに動いて振りかえっていた。

ただよいはじめた薄暮のむこうに、閉じた腰高障子が覗いている。ほっとしたような、どこか疼くような思いを抱えて、行く手に向き直った。

「――おゆみさん」

戸の開く音と同時に声が上がり、地を蹴る足音が近づいてくる。身をすくめて振り向くと、じぶんより頭ひとつ大きな少年の影がすぐそばに立っていた。息を切らしながら、なにか差し出してくる。

「忘れもの」

握り飯を包んでいた風呂敷だった。つぎでいいのに、とかすれた声で告げると、草太が唇もとをほころばせる。

「ああ、そうか、つぎがあるんだった」

「そうだよ、そう言ったろう」

わざと年増めかした物言いで応えながら、風呂敷を受けとる。布切れ一枚はさんでいても、少年の掌はじゅうぶんすぎるほど熱かった。

じゃあ、といって背を見せた草太を見送り、薄闇のなかにたたずむ。あの子、あたしの名まえを覚えていたのだと思った。

四

長屋の木戸が見えるよりはやく、手前を歩く長身の背中が目に飛び込んでくる。草太、と声をかけそうになって、やはり呼び捨てはなれなれしいだろうかと迷いが生じた。

ためらっているうち気配を感じたのか、ふいに少年が立ちどまる。おもむろに振りかえり、栗色の瞳を向けてきた。沈んでいた眼差しがじぶんをみとめて明るんだように感じたが、気のせいだとひとりごちながら、近づいてゆく。

「きょうは早いのね」

まだ昼過ぎだったから何げなく問うと、草太が気まずそうに目を伏せた。

「その……早くおわっちまって」

だから実入りも少ないんだ、とつぶやいて、ふたたび歩きだす。しぜん、おゆみも肩を並べるかたちとなって木戸をくぐった。よけいなことを言ったと後悔にも似た心もちが込み上げてくる。とはいえ、買ってきた総菜もいつもより少ないだろう、握り飯を多めに持ってくればよかったと思った。

あたりを見回したが、お咲の姿は見当たらなかった。どこかへ遊びにいったのかと考えているうち、少年の指が腰高障子にかかる。じき帰ってくるだろうが、草太とふたりだとしたら気重だな、と思いながら土間に足を踏み入れた。そのまま上がりそうになったものの、

「――おふじ」

声を発して立ちすくんだ少年の背中へぶつかりそうになる。

四畳半の隅に女がひとり所在なげに座り込んでいる。部屋の真ん中では、お咲が目をあけたまま横たわり、ひっくりかえった芋虫のようなしぐさで手足を動かしていた。少女なりに遊んでいるつもりらしい。

「ああ、やっと帰ってきた」

おふじと呼ばれた女はほっとした面もちを浮かべると、忌々しげに横目でお咲を見やって腰を起こした。「この子、なんにも話してくれないから往生したわよ」

齢は草太とおなじくらいだろう、瞳は大きくくっきりとしており、女のじぶんから見ても華やいだ顔立ちと感じる。その目をおゆみにも向けてきたが、留まるほどの間もなく流れてゆく。おなじ長屋のおかみさんだとでも思っているに違いない。

「何の用」

草太がそっけなくいいながら四畳半にあがる。おふじは、ささやくような声で、外へ行こうよといった。しながら、目くばせするふうにおゆみを見つめる。どことなく気圧されるものを覚え、外へ出ようとすると、

「いいんだ、あがって」

少年が思いがけぬほどつよい口調で留めた。おふじは諦めた体で吐息をつき、

「ねえ、久しぶりにみんなで遊びにいこうよ。吉《きち》やさぶも、ちょうど休みで戻ってきてるから」

ことばとは裏腹に、すがるような声を発する。おそらく、おふじもふくめて、みな幼なじみなのだろう。草太はととのった顔をしかめると、冷たいとさえいえる声で返した。

「そんな暇ない。住む世間が変わっちまったっていうのかな……もう誰とも会う気はないんだ」

おふじの大きな目が見開かれ、今にもこぼれそうなほど滴が溜まってゆく。が、懸命に堪えているらしく、唇をきつく噛みながら、燃えるような瞳をおゆみに向けた。

「このひとは、いいってわけ」

放った声が震えている。おもわず後じさりそうになった。草太がぽつりと応える。

「おゆみさんは、べつだ」

おふじは土間に飛び降りると、壊しかねないほどのいきおいで腰高障子を引き開けた。引き留める間もなく外に出て、甲高い音を立てて閉める。遠ざかる足音とともに、ちきしょう、五寸釘打ってやるからなっ、という声が大きく響いた。

なぜか、原野に一本だけ伸びる木のかたちが瞼にくっきりと浮かぶ。部屋の真ん中に疲れ切ったようすで腰を下ろした草太が、寝転がるお咲に目をやり、乾いた笑みを浮かべた。不自然なほど、こちらには目を向けようとしない。

おゆみは土間に立ちつくしたまま、ふたりの姿をただ見つめている。草太が口にしたことばを頭から追い払うことだけ考えていた。

五

明け方から降りだした雨は一日じゅうつづき、夜に入っても熄《や》む気配がなかった。風がないだけよかったが、仁吉の仕事は休みになったから、草太もきょうは日雇いの口が見つからずにいるかもしれない。雨のなか働いているとしたら、それはそれで気がかりだった。

おゆみの知るかぎり、おふじは、あれきり来なくなったらしい。一日おきと決め、兄妹の長屋を訪ねるようになってから、ひと月が経っている。今日もようすを見に行きたい気もちはあったが、雨のなか深川まで出かけるのは、亭主の手前はばかられた。それでも何度かいい出しそうになったものの、結局ことばにできないまま夜を迎えている。

仁吉は日ごろの疲れが出たのか、雨だと確かめたあと、昼まで眠っていた。昼飯は朝の残りでかんたんに済ませ、気軽に出歩ける天気でもないから一日退屈そうに寝転んでいる。手持ちぶさたなうちに日も暮れ、きのう買っておいた茄子をお浸しにして、あとは豆腐汁と飯のかんたんな夕餉を支度した。

汁をよそいながら、落ち着かない心もちがつのってくる。草太はいつも日雇いの帰りに総菜を買ってくるはずだった。いくらかでも蓄えがあるのならいいが、そうでないなら今日のような日には食べるものがないのではと気づいたのである。

「……行ってこようかしら」

ひとりごとめかしてつぶやく。旨い旨いといいながら茄子を口にはこんでいた仁吉が、ふうんと世間話のように聞き流したあと、

「行くってどこに」

いくぶん声を固くして問い返した。

お咲ちゃんのところだよ、と喉の奥へ呑みこむようにして応えると、呆れたふうな面もちとなっていう。

「よっぽど、その子が気になるんだな……いっそ、うちの子にするか」

えっ、と呻くように発したきり、軀の動きがとまる。亭主がひとのよげな笑みを浮かべて汁を啜った。

「けっきょく授からなかったけど、生まれてりゃ、ひとりくらい育ててただろ」

「……兄ちゃんの方はどうしよう」

喉からこぼれたのは、他人のものかと思えるほど低い声だった。仁吉が失笑を洩らしながら、ぐるりとまわりを見渡す。

「さすがに無理だろ」

四畳半ひと間の隅に煎餅布団が重ねられ、そのまえに枕屏風が広げられている。大工道具も置いてあるから、夫婦ふたりだけでもゆとりのある住まいとは言いがたかった。

「そうだよね」

なぜかほっとしたような心もちが軀の奥を浸す。そのまま、声をつよめて告げた。「でも、きょうだいを離すなんて、かわいそうじゃないか」

やっぱりあたしが行ってやらないと、というと、仁吉は眉をひそめて応えた。

「まあ、とにかく今日はよしとけ。こんな天気に出かけるもんじゃねえ、長屋の連中だって妙に思うだろうが」

世間の目を持ち出されると、それ以上はいえなかった。仁吉は意味ありげに唇もとをほころばせ、口ごもっているおゆみの胸もとに手を伸ばしてくる。

「そんなことより、久しぶりにいいだろ」

ほかにすることもありゃしねえしよ、とかすれた声でいって膝をすすめる。おゆみは亭主の手をかわすように身をよじると、空になった椀をもって立ち上がった。明るく響くよう心をくばって発する。

「こんな天気に、何いってんだい」

これと天気とはかかわりねえだろ、とぼやきながら、仁吉が残った飯を掻き込む。雨の音はいまだにつづいていた。

六

翌日も雨は降りつづき、三日目になってようやく薄曇りの空がもどってくる。すっかり体がなまったらしく、仁吉は大きなあくびを残して仕事先に出かけていった。

ひといきに季節が進んだのか、雨上がりにもかかわらず、湿気はほとんど感じられない。戸口に立つと、ひやりとした気配が流れ込んできた。

洗濯したものをあわただしく干してから、竹皮に握り飯を包む。ほんとうは全部打ちやって出かけたかったが、仁吉はあれでぞんがい細かいところに気のつく男である。雨があがったのに、なぜ干し物をしなかったのかなどと問われるのが煩《わずら》わしかった。

小走りで永代橋を渡り、深川に辿りつく。雨上がりの道から時おり泥が跳ねかえり、小袖の裾をよごしたが、気にかけていられなかった。

まさかといいたいが、二日間なにも食べていなかったらと思った。草太はじぶんの助けなど当てにしてはいまいが、日雇いの仕事がなければどうしようもないだろう。仁吉や世間の目に足を留められてしまったことが腹立たしかった。けっきょく自分はいつも何かに遠慮しながら一日いちにちを過ごしているらしい。

　頭のなかでは黒い渦が巻くように、後悔めいたことばかり考えているが、足はひとりでに動いて、気づけば長屋の木戸口に立っている。おゆみは見えないものに急かされる心地で歩をすすめた。

　声をかけるのも忘れて、なじんだ腰高障子に手を伸ばす。ひといきに開けようとしたが、戸が動かなかった。胸の奥がさっと冷たくなり、腰から下が震えそうになる。中から心張棒をかっているらしいが、何のためか分からなかった。

　あたし、おゆみだよ、と発しているはずの声が、どこか遠いところで聞こえる。しがみつかんばかりに戸を揺すりつづけたが、応えはなかった。

　なにか取り返しのつかぬことが起こったのではと、息も出来ないほど重いものが頭上に伸《の》しかかってくる。引きずられるごとく膝をつき、腰高障子へしなだれかかるようにしてくずおれた。朝方の冷気は跡形もなく消え、中天から強い光が差しておゆみの全身を焙っている。時おり通りすぎる女たちがぎょっとして足をとめそうになったが、恐ろしいものでも見るように顔を背け、立ち去っていった。

　知らぬ間に、ごめんよごめんよと繰り返しつぶやいている。なんのため、だれに詫びているのか分からなかったが、そう言わずにいられなかった。

　どれほどの刻が経ったのか、いつしか日がかたむき、まばゆい朱の色があたりいちめんを染めている。おゆみの全身も、すべてを焦がすような夕映えに呑みこまれていた。

頭のあたりで唐突になにか外れる音が起こり、腰高障子がゆっくりと動いてゆく。顔をあげると、草太が虚ろな面もちでこちらを見下ろしていた。足には何も履いていない。

少年は戸だけ開けると、そのまま踵を返してなかに入る。四畳半にもどり、沈むように腰をついてぼんやりと中空に目をやった。おゆみも引きずられる体で上がり込む。後ろ手に戸を閉めると、半間くらいのへだたりを置いて草太のかたわらに腰を下ろした。

確かめてみるまでもなく、せまいひと間のなかにほかの人影は見当たらない。おゆみはことばを発するのを恐れるようにして、震える指で持ってきた包みをひらいた。握り飯が三つ、竹皮のなかにくるまれている。草太はつかのまそちらに視線を這わせたが、手を伸ばす気配はなかった。

「……おととい、川に呑まれて」

少年がふいに喉を絞る。老人かと思うほどしゃがれ、強張った声だった。われしらず膝がしらが震えだす。少年がなにを話しているのか聞き返さずとも分かったが、できることなら知りたくはなかった。

一昨日、草太は雨のなか仕事を探しに出かけていったという。こんな天気の日にあるはずもないと承知してはいたが、ほんのかすかな望みを捨てられなかった。

お咲はそのあいだに家を出たらしい。つのる雨の気配に耐えかね兄を探しにいったのか、ひもじさをまぎらすため遊びにいったのかは知る由もないが、出かける少女の姿を見た者が幾人かいた。

いちにち仕事は見つからぬままで、長屋に帰ってみると妹の姿がない。夜通し探しまわったが、やはり雨の熄まぬ昨日の昼下がりになって、仙台堀に浮いているのが見つかった。空腹をかかえて町をさ迷ううち、川に落ちたのだろう。あちこちぶつかったらしく、骸はかろうじてお咲と分かるほどのひどいありさまとなっており、まともな弔いすらできぬまま葬ったという。

途切れ途切れにそこまで話し終えたときには、夕映えが消え、濃い藍色の大気が部屋のなかにただよっている。おゆみは、じぶんの持ってきた握り飯が薄闇に呑まれてゆくのをただ見つめていた。

かわいそうに、とか、きっと極楽に行ってるよ、などと意味もないことばの羅列が頭の奥をめぐる。どれひとつとして口にする気はなかったが、おざなりという以外ないことしか思いつかぬじぶんが厭わしくて仕方なかった。

口をつぐんだまま、竹皮の包みをそっと押しやる。心もちのことはもちろんだが、少年の軀がおなじくらい案じられた。あるいは、まる三日なにも食べていないのではないかと思える。

草太は握り飯のほうへ溟い眼差しを滑らせたが、やはり手を伸ばそうとはしなかった。かわりに、ひどく重い声を洩らす。

「……食べちゃいけない」

問い返すまえに、少年が抱えた膝のあいだに額を埋めた。痩せた肩を絶え間なく震わせ、だれにともなくいう。

「ほんとは死ねばいいと思ってたんだ、お咲のこと。こいつがいなくなったら楽になれる、もっとじぶんのことを考えられるって」

そしたらそうなっちまった、といって悲鳴じみた声を呑み込む。泣かない癖がついているのだ、と分かった。

「だから、こんな親切にしてもらう値打ちなんてないんだよ」

吐き出すようにいって、ぼんやりした目で戸口のほうを見やる。もう帰っていいという意味らしかった。その眼差しにうながされる体で、うっそりと立ち上がる。草太が光の失せた目でその動きを見つめていた。

次の瞬間、おゆみは今いちど膝をつくと、うしろから少年の肩を抱いていた。草太はぴくりと軀を揺らしたが、ものもいわず、拒むようすは見せない。

「――値打ちがないのは、あたしのほうだ」

乾いた声が喉の奥からこぼれる。

「え」

少年がいぶかしげにつぶやいた。その声を抱え込むようにして、手にいっそう力を込める。風呂にも入っていないのだろう、饐えたような匂いが鼻腔にせまったが、すこしも気にならなかった。

「あたし、あんたのおっ母さんを見捨てたんだ……だから、疚しくてここに」

親切なんかじゃない、といって吐息をつく。「ぜんぶ、じぶんのためなんだよ」

絞りだして草太の背に顔を埋めた。衣いちまい通して若い熱が軀の奥に流れこんでくる。引きちぎられるような痛みと裏腹に、ふしぎなほどそれが心地よかった。

どれくらいそのままでいたのか、ふいに草太の上体が大きく動き、おゆみのほうへ顔を向けた。息づかいが伝わるほど近いところで、少年の目がこちらを見つめている。あたりは薄暗さを増しており、茶色いはずの瞳は闇と分かちがたい色になっていた。それでいて、心なしか優しげなものがただよっているように思える。

「え」

今度はおゆみが声を洩らす番だった。すっかり細くなった両手が自分の背にまわり、遠慮がちながら力を籠めてくる。抱きしめられている、と感じた刹那、あわてて突きのけていた。

息を弾ませ目を凝らすと、草太がさびしさと戸惑いを綯《な》い交ぜにした面もちでこちらを見やっている。

「ごめん……おれと同じだと思って」

「おなじ」

木偶《でく》のように繰りかえしながら、そうだ、さいしょに抱きしめたのはあたしの方だった、と思い出した。少年がやけに落ち着いた声で告げる。

「ときどき会えたら、それでじゅうぶんのはずだった。でも、このひとなら、おれのきれいじゃないところも分かってくれるのかなと思ったら――離したくなくなって」

言いながら、ひとひざ進み出て、おずおずと右手を伸ばす。払いのけることはできなかった。

少年の掌が、そっと肩に触れる。やはり、その部分が熱く脈を打つようだった。おおきなものに呑みこまれそうな気がして、息がとまる。

「ああ、分かった」

おゆみは上ずった声を洩らした。頰のあたりにむりやり強張った笑みを浮かべ、なにかを守るように、とめどなくことばを溢れさせる。「あんた、おっ母さんがほしいんだろ。そうだ、のぶちゃんとは同い齢だものね。いいよ、あんたのおっ母さんになってあげる」

さあ、おっ母さんって呼んでごらんよ、と震える声を抑えられぬまま、にじり寄る。草太の目に、ふかい絶望の色が浮かんだのがはっきりと分かった。ちがう、というかたちに唇がうごく。ひとのよさげな亭主の顔を懸命に思い浮かべながら、おゆみは今いちど言いつのった。

「呼んで……呼んでおくれってば」

「やめてくれよっ」

はじめて聞いた少年の怒声に掻き消され、つかのま上がった水しぶきのように仁吉の面ざしが見えなくなる。草太はおゆみの肩に載せたままの指さきを、ぴくぴくと揺らしていった。

「おれのこと」一瞬息を呑んでから、思い切ったように唇をひらく。「好きじゃないのは仕方ない――でも、ひとの気もち勝手に決めつけんなよっ」

少年の叫びが尾を引いて虚空に流れる。座り込んだまま、軀の芯を砕かれたようになって、背すじから力が抜けていった。

気がつくと、肩に置かれた草太の掌に自分の手をかさねている。少年の眼差しが問いかけるような翳《かげ》りを帯びた。暗がりのなか、今はなぜか瞳の茶色がはっきりと見える心地がする。その目を見つめるうち、喉の奥からふかい吐息が洩れてきた。

「……好きじゃなくない」

押しだすようにいうと、おゆみは草太の肩に両手をまわす。すこしずつ力を入れ、痩せた胸をじぶんの軀に押しつけた。


夢のなかで何か音を聞いたように感じたが、草太に寄り添い、横たわったままでいる。相手もおなじで、いまだしずかな寝息を立てていた。おたがい、それほど深く眠りこんでいたらしい。

が、

「おゆみっ」

わななくような声に身を起こすと、背後から月明かりを浴びた仁吉が土間に立ちつくしている。帰りが遅いから案じて見に来たのだろう。

とっさに脱ぎ散らした小袖を手に取り身を覆ったが、すでに言いわけのしようもない。するつもりもなかった。草太の手がじぶんの裾を割ったとき、戸口に心張棒をかうべきかと頭の隅をよぎったが、すこしのあいだも軀を離したくなかったのである。

草太も起きあがり、若い獣のごときすばやさで着物を羽織る。哀しんでいるような、憤っているような眼差しで闇の向こうを透かし見ていた。なんてしなやかなんだろう、とすべてを忘れてその動きに目を吸い寄せられる。仁吉がかすれた声を放った。

「おまえ、こんな……ずっとこんなことだったのかよ」

そうじゃない、といいたかったが、あるいは始めからそうだったのかもしれない。仁吉が引きずるような足どりで近づき、四畳半に上がってくる。隅に置いてあった草太の道具箱を蹴散らすと、はげしい音を立てて中身が畳の上に転がった。

「こいつ十七なんだろう、おめえの半分しかねえじゃねえか」

「――そんなこと分かってるよ」

おゆみは、かぶりを振りながらいった。「あたし、どうかしちまったんだ」

なに血迷ってんだよ、と仁吉が泣き声にも似た叫びをあげる。「帰ってこいよ、今なら見なかったことにしてやるから」

「……もう、むりだよ」

じぶんの声が、他人のもののようにしゃがれ、つぶれている。仁吉の目から大粒の涙がこぼれ落ちた。

「なあ、おれが悪かったのかよ」

「あんたは悪くないよ、なにも」

あたしのほうが、とつづけようとしたが、まるでそれを察したかのように草太が一歩進み出て、おゆみの前に立つ。そうだ、きっとだれも悪くはないのだ、と思った。

「――ごめんなさい」

少年の唇から、かろうじて聞き取れるほどの声が洩れる。胸のうちに、うそ寒い風が吹き抜けてゆくようだった。仁吉が勝ち誇ったふうにおゆみを見やる。

「こいつ、あやまるくれえなら……」

「そういわなきゃいけないんだろうけど」草太がその声をさえぎるように告げた。「どうしてもいえない、それが……ごめんなさい」

「わけわかんないこと言ってんじゃねえっ」

仁吉が絶叫をあげ、散らばった大工道具のなかから錐《きり》を取り上げる。震える両手でつかみ、こちらに突き出してきた。

「やめてよ」

ひどく冷たい声が喉の奥からこぼれる。じぶんがもう、この男のことを微塵も好いていないのが分かった。その酷《むご》さに軀の奥が震える。「そんなことしたって――」

熊のような唸り声をあげて、仁吉が畳を蹴る。一瞬はやく草太が飛び出し、軀ごとぶつかっていった。ふたりが縺《もつ》れ合い、そのまま土間に転がりこむ。

おゆみの悲鳴を皿の割れる音が掻き消した。のめるように近づくと、草太が呆然とした面もちをたたえて土間に腰をついている。眼差しの先では、腹を押さえた仁吉が血を吹き出しながらのたうっていた。

七

黒い法被《はっぴ》の背中へ隠れるようにして入り口の敷居を越える。ひやりと冷たい空気のなかに、汗と糞尿のまじった匂いがただよっていた。先に立つ牢屋下男がうかがう体で振り返ったが、むろん足を止める気などない。

左右には見渡すかぎり木の格子がつづいている。その奥から、何十人という男たちが、ぎらぎらと光る眼差しをおゆみに向けているのだった。

揉み合うなかで腹に錐が突き立ったものの、仁吉はいのちを取り留めた。止める間もなく長屋のものたちが自身番に駆け込んだから、草太はしょっ引かれ、ちかぢか遠島に処せられることとなっている。

すべてが明らかになれば、不義密通としてふたりとも死罪になってもおかしくはなかったが、意外にも仁吉が口をつぐんだのだった。仕事を世話してやろうと相談するうち言い争いになって、と下手な言いわけをしたらしく、けがを負った当人がそう申し立てているのだから、それいじょう穿鑿《せんさく》するほど熱心な役人はいない。

「どうして……」

と問うたおゆみに、

「べつに死んでほしいわけじゃねえからよ」

ふてくされたようにいって背中を向ける。そのまま、痛《いて》て《》と洩らしながら横になり、

「どうでも行っちまうのかよ」

ひとりごつふうにつぶやいた。それには応えず、

「今までありがとうね」

とだけ告げて家を出たのが十日まえである。ごめんよ、と言いたくなったが、やはり声にはな

らなかった。

その足で一膳飯屋に仕事を見つけ、知りびとのいない長屋を借りた。きょうは餅や握り飯を差し入れにきたのである。ふつうは牢屋下男に託すだけだが、とぼしいたくわえのなかから付け届けを渡し、なかへ入れてもらったのだった。

大牢のまえに着くと、男たちの目がいっせいにおゆみの方へそそがれる。下男が声を張って草太の名を呼んだ。

若い軀が闇を掻き分けるようにして進み出る。なんだ、おふくろさんか、という声が背後で響き、草太が咎めるふうな眼差しで振り返ろうとした。おゆみは、あわててこうべを振って留める。

「……だいじょうぶかい」

格子をつかんで問うと、草太が長い指をからめてくる。牢屋下男がいぶかしげな視線を向けてきたが、もともとたいした関心もないのだろう。何もいいはしなかった。

「ああ、ちゃんと飯が出るんだ」この場には不似合いなほど、明るい声があがった。「それだけはよかった」

胸を衝かれてことばを失う。が、草太は気にかけたふうもなく、格子に顔を押しつけんばかりにしていった。

「それより、あたらしい家は決まったかい」

ええ、といって住みはじめたばかりの長屋を伝える。草太は目を閉じ、なにか口のなかでつぶやいていたが、じき瞼をひらくと、

「よし、おぼえた。島から戻ってきたら、そこに行けばいいんだよな」

ひどく楽しげにいった。面を伏せそうになって、かろうじて堪える。

遠島に決まった刑期はない。公方《くぼう》さま代替わりの恩赦などですぐに帰ってくるかもしれないが、五年先か十年先か、だれにも分からなかった。草太が戻ってきたとき、じぶんはいくつになっているのか、いまとおなじ目で見てくれるという証しなど、あるはずもない。

——いっそ、これきりのほうが……。

怯えとしか言いようのない心もちが軀の奥を舐《な》めるように這ってゆく。それが伝わったわけでもなかろうが、草太が勢いこんで身を乗り出した。

「そうだ、おれ、気づいたことがあって」そのまま弾んだ声を発する。「あんまり暇だったから、数えてみたんだ。来年、おれは十八、おゆみ……は三十五。そのつぎは十九と三十六、またそのつぎは二十と三十七——」

「え」

草太がなにを言いたいのか、まるで分からなかった。おゆみの戸惑いを吹き払うように、少年が瞳をかがやかせる。

「分からねえかな……二度と半分になんか、ならないんだよ。もうだれにも、そんなこと言わせやしない」

妾の子

一

女中のお品《しな》が、あっと声をあげたので、るいも釣られて面を向ける。通りを横切ってきた職人体の若い男が、足を止めて怪訝そうな眼差しを浮かべた。骨太な体軀と裏腹に、切れ長の瞳といくらか突き出た頬骨が目を惹く。考える間もなく、峰吉《みねきち》だと分かった。

いま出て来たばかりの境内に戻りたかったが、もう遅い。相手も手に提《さ》げていた道具箱を持ち直して近づいてくる。よけいな声なんか出して、とお品をうらむ心もちが湧いたが、なにも知らないのだから仕方ないともいえた。

「おるい……だよな」

おそるおそるという風はたもっているが、覆いようのない気安さが声に籠もっていた。るいが応えぬうち、お品のほうが小皺の目立つ丸顔をほころばせ、幾度もうなずいてみせる。この女は、むかしから峰吉がご贔屓《ひいき》なのだった。

「おどろいたぜ、ひさしぶりだ」

「――おっ母さんの命日でね」

ようやく、ひと声かえした。峰吉が、ああ、とこぼして、るいの背後に目をやる。霊巌寺《れいがんじ》の甍《いらか》が午後の日を照りかえしたのだろう、まぶしげに目を細めた。何げない表情が、あの頃と変わっていない。わずかに、だがはっきりと胸の奥が疼《うず》いた。

「三回忌か」

峰吉が確かめるようにつぶやき、いまは親父さんのところかい、とつづけた。るいの小袖も、このあたりに住んでいたころとは違って、手のかかった紬仕立てになっている。それを目に留めたようだった。

返事を求める口調でもなかったので、こちらも曖昧なしぐさで肯《うべな》っておく。逸らした視線が、男の道具箱をとらえた。相手もそれに気づいたらしく、すこし照れくさそうな笑みを浮かべる。

「もうじき一本立ちだ」

「そう」

気のない口ぶりをよそおったものの、下腹のあたりが窄《すぼ》まるような感覚に見舞われ、爪先が熱くなる。この男は、幼いころから望んでいた指物の仕事に就いたのだと思った。おめでとう、と付け足しめかしていうと、峰吉がかるく右手をあげて応じる。心なしか誇らしげに見えた。

「もう行かないと」

胸苦しさを突きのけるようにして告げる。お品は名残り惜しそうに眉を寄せたが、抗《あらが》いはしなかった。峰吉も、そうか、といっただけで、ことさら引き留めるでもない。それもどこか腹立たしかった。あれもこれも、とうになかったことだというわけらしい。

何かに追い立てられるごとき心もちで足を踏みだす。達者でな、と呼びかける男の声が背に刺さった。振り返ってたまるかと喉の奥で繰り返しながら、十歩ほど進む。白鶺鴒《はくせきれい》が、跳ねるようにして眼前の道を横切ってゆく。通せんぼされた体で立ち止まった。鬢《びん》に指さきを当てながら、背後にそっと視線を流す。

男の姿はすでになく、白くやわらかい日差しが空っぽの通りを照らしているだけだった。

二

「では、今日のところはこれくらいで」

ご両家とも幾久しくよろしゅうお願いいたします、と声がかかると、正面に座った客二人も合わせてこうべを下げる。るいと父の宗右衛門《そうえもん》はふかぶかと礼を返し、見送りのために立ち上がった。玄関さきには、すでに女中や番頭たちが顔を揃え、恭しげに手をついて客を送りだそうとしている。草履を突っかける若い背中に、

「……ありがとうございました」

か細い声を投げてみたが、こちらへ目を向け頷きはするものの、角ばった顔をほころばせるでもない。胸がつかえ、目眩《めまい》すらおぼえるほどだった。お品が気づかわしげな視線を向けてくるのが分かる。

「疲れたろう」

客たちの背が暖簾の向こうに消えると、るいの顔を覗き込むようにして父がいった。具合を案

じているのも嘘ではなかろうが、声にはっきりとした昂揚が匂い立っている。娘の縁談がぶじにまとまりそうなのだから、無理もなかった。

「いえ、だいじょうぶです」

と応えると、父は頰をゆるめて店のほうへ戻っていく。昼すぎから得意先まわりに出かけると聞いていた。

日本橋通一丁目にある美濃屋《みのや》の本宅へ越してきたのは十六のときだから、もう二年になる。父の宗右衛門が目を配ってくれることもあって、恐れていたほど居心地のわるさはなかったが、しんから手足を伸ばせる刻《とき》がないのも事実だった。

るいの母は、宗右衛門が深川に囲っていた女で、ちいさな料理屋を営んでいた。お品は物心ついたときからいっしょに暮らしてきた女中である。母子の身の回りを世話するだけでなく、店の手伝いにも立っていた。わざわざ問いはしなかったが、店をかまえる金はもちろん、お品の給金も父が出していたものに違いない。

幼いころ、父は仕事がいそがしくて滅多に帰ってこられないのだと聞いていた。そうではなく、本来の家がべつにあると知らされたのは、十《とお》を二つ三つ出たころである。当時すでに病気がちだった母が、自分のいなくなった後を案じて明かしたのだが、すでに分かっていたことだから、戸惑いらしきものはほとんど感じなかった。母には言わずにいたものの、四つ五つの時分から、妾《めかけ》の子だの囲い者の娘だのと、近所の悪餓鬼どもにさんざん嬲《なぶ》られていたのである。

峰吉はいくつか齢上だが容貌の涼やかさが際立っていて、程度の差はあれ、近所の娘はたいていあの男を気にかけていた。そんな相手と寝たのは、むろん本人に惹かれたことも大きいが、自分につらく当たった娘のひとりが峰吉に岡惚れしていると知ったからである。ひと目を盗んで抱き合うたび、ほの昏《ぐら》い愉悦が軀《からだ》の奥から押し寄せ、その強さとおなじだけ自分のことが嫌いになった。母が亡くなり、お品とともに本宅へ引き取られると決まったときは、これでようやく男から離れられると安堵を覚えたほどである。

さいわいといっては何だが、本妻はすでに亡くなっていた。跡取り息子は十も上で、よくもわるくも父が外につくった娘などには関心がない。呉服屋仲間の口利きで、やはり同業の小松屋《こまつや》へ嫁入り話が舞い込んだから、存外いい手駒になったくらいは思っているだろう。

奉公人たちも、その辺りはおおむね同じように捉えている気配だった。こころの籠もった扱いとはお世辞にもいえぬが、露骨な意地悪をしてくるような手合いもいない。あるじの娘にはかわりないから、うっかり何かして仕返しでもされたらかなわないと考えているのだろう。敬して遠ざけるというやつだが、深川にいたころとくらべれば、平穏なだけありがたいともいえた。

きょうは初めて仲人口が先方の父子を連れて訪ねてきたのだが、夫になる繁蔵《しげぞう》という男とは取り立てて話すほどのこともない。口が重いたちなのか、終始不機嫌そうに押し黙っていた。それで、とくに残念というわけでもない。峰吉としたことを今度はこのひととするのだくらいはぼんやり考えたが、胸のどこかがいつも死んだようになっていて、嫌だという気もちも湧いてこなかった。とりあえず家と食べ物が取り上げられないのなら、それでいい。

とはいえ、気が張っていたのだろう、部屋にもどって茜色の振袖から普段着に替えると、やけに躯が重いと感じる。火鉢のなかでは炭があかあかとした輝きを放っており、閉めきった室内は暑いほどだった。逃れるように縁側まで出て、腰を下ろす。いまは肌を突く寒さが心地よかった。

こんな季節でも鳥は啼《な》くものらしく、中庭のどこかで鵯《ひよどり》の声がうるさいほどに響いている。それにまじって、通りを行き交うひとの気配が遠く近く耳朶《じだ》をかすめた。

気がつくと、このあいだ会ったばかりの峰吉を思い浮かべている。恋しいとは思わなかったが、かすかな懐かしさを覚えているのも本当だった。二年経って、少しは後ろ暗さのようなものが薄れてきたのかもしれない。

やはりそう長く座ってはいられるはずもなく、じきに指や足のさきが痛いほど冷えてくる。なかに入ろうと膝を起こしたところで、縁側を踏む音が耳に刺さった。眼差しを向けると、そろそろ出かけるはずの宗右衛門がこちらへ近づいてくる。知らぬ間にしくじりでもしていたかと、胸が騒いだ。

「あの……何かありましたか」

自分でも喉が震えていると分かる。父はかえって驚いたような面もちとなり、ことさら笑みを浮かべて快活めかした声をあげた。

「いや、さっそく嫁入り道具のことで相談していたんだが」いいながら、るいの肩に掌を置く。そこだけが、じわりと熱くなった。気遣いのある人だと思うが、女を囲うかどうかは、やさしさと別の話らしい。「大がかりなものは出入りの親方に頼むが、どうも人手が足りないらしい。深川にはいい職人も多かったろう。小物を任せられるやつを知らないかな」

三

お品が大きく口を開け、まあ、と感嘆のつぶやきを洩らす。声には出さなかったが、心もちはるいも同じだった。できたばかりの文箱が膝さきに置かれ、か細い冬の日ざしが、薄く塗られた赤漆の上で踊っている。梅の木をかたどった細工は精緻といってよく、使うのが勿体ないと感じられるほどだった。

「恐れ入りやす」

得意げな表情を隠しきれぬまま、峰吉が低頭する。

「ご苦労さんだったたね」

番頭が興もなげに告げた。出来に不満があるようではないから、たんに関心がないのだろう。お代はすぐに届けさせてもらうよといって、あっさり店のほうへ戻っていった。八畳ばかりの小部屋に三人だけが残される。

一介の職人を客間へ招じ入れるわけにもいかぬから、ふだん使っていない奥まったひと間である。黴臭い匂いがまったくないわけでもなかったが、そこはやはり大店《おおだな》で、しっかりと掃き清められ、埃ひとつ見当たらなかった。

差しこむ光は淡かったが、風がないせいか指さきまでじわりと温まってゆく。面をあげると、じぶんを見つめる男の視線とぶつかり、あわてて目を逸らした。

父に職人の心当たりを問われ、とっさに峰吉の名を出したのは我ながらふしぎだった。嫁入り間近の娘は、なにかと気もちが乱れると聞くから、きっとその類なのだろう。お品も少し驚いたようだが、使いを命じられると、どこかいそいそと出かけていって、話をまとめてきた。

きょうは注文した文箱を届けに来てくれたものの、あいにく宗右衛門は留守だった。一本立ちまえの職人と聞いて、ためしにひとつ頼んでみることになったのだが、これを見れば文句はないだろう。峰吉の名を上げたるいの面目も立つというものだった。

「ああ、お茶も出さずに」

お品が腿のあたりを叩いていう。二人きりにされるのは気重ながら、お茶など出すなともいえない。峰吉もお構いなくと口にはしたが、強く止めはしなかった。女中が膝を起こし、たっぷり肉のついた腰回りを揺するようにして部屋を出てゆく。鎮まりかえった室内に、けたたましく啼く鳥の声が、いかにもそぐわなかった。

「ありがとうな」

ややあって、峰吉がひとことずつ嚙みしめるふうにいった。こちらも首だけ振って応える。押し黙ったまま、じぶんの指に眼差しを落としていると、

「すっかりお嬢さんだな」

どこか感慨深げな口ぶりで男がつぶやく。そんなこと、と返しはしたものの、顔はあげられないままだった。ひっきりなしに客が訪れているのだろう、いちいち聞き取れはしないが、店先の喧騒がここまで流れこんでくる。

いくら考えても話すことなど浮かばなかった。黙りこくったまま、ずいぶんながい刻が経ったように感じる。峰吉に文箱の細工を頼んだことじたい、後悔しそうになった。

「お茶……」

まだかしら、と言いわけのようにいって、腰をあげようとする。

「えっ」

伸ばしかけた膝を留めるごとく男の指さきが動き、るいの手を取った。身を竦《すく》める間もなく、掌のうちに何か押し込まれる。かさっという音が乾いた大気を震わせ、耳の奥まで響いた。

「いったい――」

口にしかけたところへ、お待たせいたしました、と呑気な声をあげてお品が帰ってくる。男は浮かせた上体をすでに戻していた。そのまま、素知らぬ顔で女中にこうべを下げる。るいは拳のなかにあるものを握りしめながら、軀の芯で高鳴る音を聞いていた。

四

目のまえを歩く幅の広い背中を見つめていると、羽織の肩にふわりと白いものがついていることに気づく。綿毛が飛ぶ季節でもないから、知らぬ間に埃でもついたのだろう。取ってやろうかと思ったが、嫁入りまえから馴れ馴れしいかもしれないなどと考えるうち、すこし距離がひらいた。いくぶん足を速め、きれいに手入れされた植え込みの間をすすんでゆく。一歩ごとに遠ざかる縁先では、お品が案じ顔でこちらを見やっていた。

父に連れられ、先日の答礼として小松屋を訪れたのである。歩いても、さほどの刻はかからぬ距離だった。舅《しゅうと》になるひとはなかなかの趣味人で、庭にも池を掘るなどして数奇を凝らしている。ひとつじっくりご覧にいれといで、と言われ、見合い相手の繁蔵に案内されているのだった。

とはいえ、自慢の紅梅はまだ蕾さえつけておらず、せいぜい早咲きの水仙が白と黄の花びらを冬晴れの大気にさらしているくらいである。先導する繁蔵も世間話ひとつするわけでなく、退屈そうに歩いているだけだった。諸手をあげて歓迎してほしいとは思わぬものの、いたたまれない気もちが次第に募ってくる。自分もそうだが、このひとも色々な都合で仕方なく夫婦《めおと》になるのだなと思った。

いつの間にか、胸のあたりに右手を当てている。そこに峰吉から渡されたものがしまわれているのだった。

今でもあの男が好きなのか、そもそも好きだったことがあったのかすら分からなかったが、あれ以来、峰吉の面ざしが頭のなかから離れないのも確かだった。大店の娘として、りっぱな庭をい、い、い、しゃなりと歩いていることが嘘らしく思え、抜け出したがっていたはずが、下町で暮らしていたころを懐かしく感じてさえいる。

深川生まれの母は、もともと料亭で仲居として働いていたところを父に見初められたと聞いている。女中まで付けてくれたくらいだから左うちわで暮らせたはずだが、たってと願い、小さな料理屋を持たせてもらったらしい。

「我ながら、わがままなことをいったよ」

生前に語ったのはそれくらいだが、いまのるいには、母の心もちが分かるような気がする。

――怖かったんだ。

まったく違う境涯に身を置くのが恐ろしく、どこかで今までの生とつながっていたかったのだろう。父がいるのになぜ酔客の相手などするのかと訝ったこともあるが、いざじぶんが岐《わか》れ道に立ってみると、深川という土地だけでなく、その空気から離れなかった母の思いが身に迫ってくるのだった。

わけもなく、震えめいたものが軀の奥を走る。今すぐなにかに触れたいと思うより早く、指が動いて、繁蔵の肩についた白いものを取っていた。

男の背がぴくりと揺れる。驚かせてしまった、と思うと、にわかに息が忙しくなった。まるで他人のものでもあるかのように、自分の指さきへ視線を落とす。目がくらんでよく確かめられなかったが、埃と思ったのはすこし灰色のまじった鳥の毛らしかった。

面を伏せたままでいると、繁蔵がゆっくり振り向く気配がする。

「あんた――」

島田に結った髷《まげ》のあたりへ、男の声が降りかかる。感情を窺わせない、固く張りつめた響きだった。斬りつけられたように胸が痛くなる。繁蔵が、そのままの調子で語を継いだ。

「妾の子だそうだな」

五

戸にかけた手が震えていると気づく。引き返そうかという思案も頭をかすめたが、じぶんが結局そうはしないだろうと分かっていた。ひとつ大きく息を吸うと、るいは思い切って指先を横に滑らせる。

狭苦しい土間にむりやり詰め込まれた卓が視界を塞いでいる。酒と腐った魚のような匂いが混じり合って鼻を突き、吐き気を催しそうになった。所在なげに腰かけていた男がふたり振りかえり、怪訝さと好奇の入り混じった目を向けてくる。どこか値踏みするふうな気配も含まれているようだった。

「あの、峰吉さんの知り合いで……」

かろうじて告げると、片方の男が、聞いてるぜと応え、もうひとりが顎をしゃくって二階を示す。上り口のところでそろそろと履き物を脱いだ。こうべを上げると、昼日中とも思えぬ暗がりが登り切ったあたりに澱んでいる。ためらう心もちを押し殺し、るいは古びた段を一歩ずつ踏んでいった。

二階には小さな座敷がひとつきりで、あちこち塗りの剝げた卓に鉄瓶と湯呑みだけが、ぽつりと置かれている。火鉢の灰は確かめるまでもなく冷え切っており、突き立てられた火箸が午後の鈍い日差しを撥ねかえしていた。冬にしてはあたたかい日だったはずが、足さきから留めようもなく寒さが這い上ってくる。

　がらがらと戸の開く音が階下で響いた。はっと身を竦めたが、つづいて誰か出ていく足音が耳に押しかぶさる。男たちのひとりが、峰吉を呼びに行ったのだろう。

　文箱を受けとった際、峰吉に渡されたのは折りたたまれた紙片で、この店の場所が書いてあった。ここで会おうという意味に違いない。居酒屋のようだが、日本橋界隈にまさかと思えるほどうらぶれた佇まいである。やはり帰りたいと思いながら、なぜか軀はぴくりとも動こうとしなかった。

　妾の子だそうだな、と繁蔵にいわれたのは三日前のことだが、そのまま息が閊《つか》えるようになって蹲《うずくま》ってしまい、ちょっとした騒ぎになった。交わされた話の中身はどちらも口にしなかったから、嫁入りが近づいた気負いですこし具合がわるくなったということで片づいたらしい。

　じぶんが囲われものの子であるのは見ぬふりで進んでいたはずの縁談だが、それに引っかかるかどうかは、人それぞれなのだろう。幼いころ、深川で受けていた扱いを思い起こせば、たやすく想像のつくことではあった。

　なにを望んでここに来たのか、じぶんでもよく分からないが、いたたまれなくなって浮かんだのは峰吉の面ざしである。だれにもいわず出てきたから、店は今ごろ大騒ぎになっているかもしれない。お品が責められたらすまないと思ったが、どうしてもじっとしていることが出来なかった。

　――深川に残ればよかったのかもしれない。

母のように小料理屋でも開いて、いえいっそ、だれかの妾にでもなって、と自分をいたぶるようなことを考えてしまう。母が望むまま父のもとへ来てしまったが、美濃屋に引き取られてからの二年間が心地よいものであったとはいえない。おなじように身の置き場がないなら、住み慣れたところのほうが、まだましなのかもしれなかった。

気がつくと、膝のあたりが小刻みに震えている。止めようとしたができなかった。軀というものが、じぶんとはべつの生きものであるかのような心もちに見舞われる。

窓障子の隙間から差しこむ一筋きりの光が、いつの間にか傾きをかえ、あちこちそそけだった畳を浮き上がらせていた。男が出ていってから、それなりの刻が経ったのだろう。もしこのまま夜を迎えるとしたら、さすがに剣呑《けんのん》だと感じる。そろそろと腰を浮かし、音を立てないように襖《ふすま》をあけて座敷から出た。

おそるおそる下を覗きこむと、薄墨を広げたような闇が階《きざはし》のぜんたいを覆っている。十段ほどしかないはずだが、どこまでもつながる奈落のごとく見えた。

爪先を踏み出し、最初の段にそっと下ろす。ぎい、と軋む音が鳴り、あわてて足を引き上げた。立ちすくむうち、階下で音を立てて戸がひらく。間を置かず、男たちのけたたましい笑い声が湧き上がった。とっさに背すじが強張ったが、軀はひとりでに動いてもとの座敷へ戻っている。

階を駆け上がる気配が近づき、背後の襖がひといきに開けられた。振りかえると、あわただしく肩を上下させた峰吉が、ひどくぎらぎらした瞳をこちらへ向けている。じぶんの喉が大きく鳴るのが分かった。

「ねえ――」

なにか言わねばと思って口をひらいたが、ことばを遮るように男の顔が迫ってくる。いそいで面をそらした拍子に体勢がくずれ、右手で上体をささえた。

畳についたその手を峰吉がすばやく押さえ、軀を圧《お》しつけてくる。るいは、もう片方の手で力いっぱい男を押し返した。

「仕事の最中を抜けてきたんだ」峰吉が息を弾ませながら苦笑をこぼす。「暇がねえ、勿体つけるのは無しにしようぜ」

「勿体なんか」

おもわず声が高くなる。峰吉はつかのま訝しげな眼差しを虚空へ飛ばしたが、じき呆れたというふうに首をひねった。

「じゃあ、なんのために来たんだ」

「それは……」

あんたに会いに、という言葉は、自分でもはっきりと聞こえなかった。口にできなかったかと思ったが、男がせせら笑うように頰を歪めたから、声にはなっていたらしい。

「ったく、頭のなかまでお嬢さまになっちまったのかよ。男と女がこんなところで会やあ、することは決まってるだろうが」

「……」

鳩尾《みぞおち》のあたりに震えが走り、軀じゅうへ広がっていった。峰吉のいうことは当たっている。じぶんのなかにも、そういうつもりがまったくないわけではなかったと今さらながら思い至った。

——けど……。

なにかへ引きずられるように立ち上がる。峰吉がすかさず腕を伸ばし、袖をつかんだ。男にしては色白だったはずの顔が真っ赤に染まり、目が血走っている。

「恥かかせんじゃねえよ」

恐怖よりさきに、ふかい藍色のような哀しみが全身を浸す。じぶんのいちばん近くにいるのはこの男かもしれないと思っていたが、間違いだったらしい。むかし馴染みだからといって、分かり合えるわけではなかった。

無言のまま、手を振り払って踏みだそうとする。が、男の指は猛禽の爪かと思えるほどしっかりと、るいの袖を捉えていた。鳥でも歩いているのか、屋根のあたりで耳障りな音が響く。

「初めてってわけじゃねえんだし、もう一遍くらいいいだろう、な」

眼差しの剣呑さとは裏腹に、気色のわるい猫撫で声が赤い唇から洩れる。返事をするまえに、ぐいと腕を引かれて膝をついた。男がもう一方の手を腰にまわし、そのまま伸《の》しかかってくる。叫びそうになって、階下にいた男たちの粘つく視線が頭の隅をかすめた。

——声をあげたら危ない。

それは勘と呼ぶしかないものだったが、間違いはないように思えた。するうちにも、膝を割った男の指さきが芯へ届きそうになる。懸命にもがいて手を伸ばし、卓の上に置かれた鉄瓶を取った。腕を振って、思いきり相手の頭に叩きつける。唸るような悲鳴をあげて峰吉がひるんだ隙に、欲望の匂い立つ軀を押しのけ火箸を摑んだ。

立ち上がり、腕の震えをもう片方の手で押さえる。壁を背にして火箸の先を男のほうに突きつけた。帯がなかば解けていることに気づきはしたが、直しているゆとりなどあるわけもない。

「どうしたってんだ」

「手こずってるなら助《す》けてやろうか」

冷やかすような笑いをふくんだ声を立てて、男たちが階を上がってくる。るいは、座敷から飛び出しざま、火箸を一本ずつ両手に持ち替えた。片手で峰吉を牽制しながらもう一方を男たちに向ける。ふたりが呻いて立ちすくんだところへ、ぶつかるように駆け下りた。この女《あま》っという声とともに節くれだった手が伸びたが、かろうじて擦り抜ける。

階下に足をつくと、とうから隠されていたらしく、脱いだはずの履き物が見当たらなかった。が、男たちが段を踏み鳴らす音が迫ってくる。迷っている暇はなかった。振りかえって火箸を突き出すと、弾かれたように相手が後じさる。そのあいだに、足袋裸足のまま戸口へ飛びついた。

まんいち外から閉じられていたら終わりだと思ったが、ここまでの抗いは予想していなかったのだろう。古ぼけた戸は軋みもせずに開き、るいは外へ転がり出た。怒号とともに追いすがる手が帯を掠《かす》めたが、ぎりぎりのところで躱《かわ》して地を踏む。通りすがりの町人がいくたりも立ちどまり、怯えたような顔を向けてきた。火箸を持ったままの両手をあわてて背後に隠す。戸口がぴしゃりと閉まり、やばいぞ、ずらかれという声が、逃れてきた店の奥で響いた。

乱れた髷に、なにかが落ちかかってくる。知らぬ間に雨が降っていたらしい。真っ白だった足袋は泥濘《ぬかるみ》を踏み、汚物を塗りたくったような色に変わっていた。いっそ泣いて蹲りたかったが、爪先が勝手に動いて、歩を踏みだしている。行き交うひとびとが、恐ろしい獣でも見るような目でこちらを窺っていた。

おぼつかぬ足どりで歩みながら、面をあげる。流れてこない涙のかわりに、大粒の雨がはげしく頬を打ち、零れ落ちていった。

六

積もるほど雪が降ったあとは、冬とも思えぬおだやかな日和がつづいている。しばらく見なかった白鶺鴒を、庭のあちこちで目にするようになっていた。残った雪の間をかるく跳ねてゆく小さな鳥を、るいは部屋の中から見るともなく眺めている。かたわらでは、お品がやはり手持ちぶさたな様子で自分の淹《い》れた茶を啜っていた。

あの騒ぎから十日ほど経つが、おどろくばかりに静かな毎日がすぎている。手籠めになりかけたのは幻かと思うほどだった。

ずぶ濡れの足袋裸足で帰ってきた娘を問い詰めるでもなく、父は変わらず商いに精を出している。今までと変わったことといえば、お品が合間なく自分のそばへ控えるようになったくらいである。兄や使用人たちも思うところはあるに相違ないが、露骨に蔑《さげす》むような目を向けることもない。みな、るいをどう扱っていいのか分からないというのが、正直なところなのだろう。腫れ物にさわるとは、このことだと思った。

縁談はどうなったのかと頭にちらつく折もあったが、もともと望んで嫁にいくわけではないから、こちらから質《ただ》す気にもならない。妾の子だそうだな、と告げた繁蔵の声が耳をかすめるたび、そう、その通りだよ、とどこか開き直った自分の応えがつづいていた。店と店との結びつきだから、当人が気に入らなくともそうそう破談にはできまいが、決まったとおり嫁入ったとして心愉しい生活《たつき》が待っていることもないだろう。もっとも、そんな暮らしはこれまでもなかったのだった。

草双紙をひらいたまま、もう長いあいだ同じところで止まっている。ずいぶん前から聞こえていたのだろうが、暮れらしい通りの喧騒が今さらのように耳朶を撫でていった。なかば放心してその音に身を任せるうち、ひとの罵り合うような声が混じっていると気づく。

眼差しを向けると、お品もそれを耳に留めたらしい。不安げな面もちで見つめ返してきた。

「……なにごとですかね」女中は問うともなく口にすると、みずからへ言い聞かせるような調子でつづけた。「見て来ましょうか」

外の騒ぎになど関心はないが、すこしの間だけでも一人になりたかった。うなずいてみせると、お品も同じ思いだったのか、どこか軽々とした足どりで座敷を後にする。るいは、吐息をついて草双紙を閉じた。どのみち、頭には何も入っていない。

が、ゆっくり油でも売ってくるだろうと思っていたお品が、じきに度を失ったような表情を貼りつかせて戻ってくる。胸が騒ぎ、どうしたの、と問えずにいるうち、むこうの方からぐいと顔を寄せてささやいた。

「峰吉っつぁんが、裏口で騒いでいて――」

この間はすまなかったな、とまず詫びらしいことをいってみせるが、心からのものであるはずもない。路地の奥へ身を寄せ、るいを見やる瞳にも後ろめたげな色はうかがえなかった。すこし離れた四つ角で張り番をしているお品が、案じるような視線を幾度もこちらに向けている。峰吉とのことは話していないが、只事でないくらいは察しているのだろう。

「それで、ご用は何かしら」

高まるいっぽうの鼓動を押しのけるように告げた。切り口上になったが、峰吉は意に介するふうもない。唇《くち》もとを捩《ねじ》ると、ことさらはっきり声をあげて失笑を洩らした。

「ご用、ときたか」

「…………」

「女は化けると聞いちゃいたが、ほんとうだったな」

「だから、何の用かっていってるのよ」

苛立ちを籠めたつもりだったが、わずかに声が震えている。峰吉は薄笑いを浮かべると、ようやく地が出たな、とつぶやいた。

「金、貸してほしいんだ」

「え――？」

おぼえず眉間に皺を寄せた。峰吉がいなすように手を振る。

「そう怖い顔すんなよ……二両でいい」

「二両でって」

咎《とが》める口調になるのを押さえられなかった。女中の給金は年三両が相場といわれている。昔なじみだからといって、軽々しくねだっていい額ではない。このあいだのようなことがあれば、なおさらだった。どの面さげてと怒りが噴き出しそうになったが、いっぽうで得体の知れぬ不気味さを感じてもいる。

「もちろん三両なら、なおいいぜ」

朗らかとさえいえる笑みをたたえて、峰吉がいった。「一本立ちしたら店を構えたいんだ。金はいくらあっても足りねえ」

「なんであたしに」

「まんざら他人ってわけじゃねえだろ」

口のなかが、やけに乾いていた。声を出そうにも、口蓋に貼りついた舌が動こうとしない。目だけはひとりでに動いてお品を探していたが、女中の姿はいつの間にか消えていた。泥まじりの雪玉を呑まされたような心地が伸しかかってくる。峰吉は溟い炎の宿った眼差しでるいを見据えると、駄々っ子めいた口吻で言いつのってきた。

「なあ、頼むよ。おれを男にしてくれ」

「……男って、誰かにしてもらうものなの」

胸の灼《や》けるような瞋《いか》りと、立っていられないほどの虚脱感に襲われた。吐き捨てるふうに返すと、癇《かん》が立った体で男の眉がひくひくと動く。

「ちょいと調べさせてもらったんだがな」汚い色の舌で唇をひと舐めすると、ひどくやさぐれた声を突きつけてきた。「けっこうな縁談がまとまったようじゃないか」

「あんたの世話にはなってないよ」

こんどは声を震わせずにすんだが、かわりに腰から下の感覚がなくなっていた。足先だけが痛いほど冷えていると分かる。峰吉はそれを心得てでもいるようにひと足進み出ると、

「ありがてえ話だ」

とつぜん顔いちめんを笑み崩した。「ふいにしちゃ、いけねえな」

背すじにはげしい悪寒のようなものが走った。間を置かず、男が声を低める。

「嫁入りの決まった身で、こっそり男と乳繰り合うなんざあ図太い女《あま》だ。先様に知れたら大ごとだぜ」

「馬鹿いわないでよ」膝がしらが隠しようもなく揺れていたが、憤りのほうがまさった。伏せていた面をあげると、奥歯を噛み締め、峰吉を睨みつける。「あんたが無理やり——。だいいち、そうなるまえに逃げて……」

「お前のいうことなんて、だれが信じる」

男がせせら笑って、顔を近づける。どぶ泥のような匂いがする息を吐きだしながらいった。

「あの店の連中は、おれがいう通りに話してくれる。なんなら、深川のやつらを引っ張り出して

もいいぜ。覚えてるか、勝太《かつた》に安《やす》、おあきにおちえ……みんな、おれの味方だ」

「………」

この男は端からそのつもりだったんだ、と思った。るいを上手くものにしてから金をねだるはずだったのだろう。目論見がはずれても、結句やることは変わらないらしい。

喉の奥が干上がり、息が出来なくなる。峰吉は勝ち誇ったように唇をゆがめると、おめえ、だ、ちなんていなかったもんな、と声を高めた。はじめて聞くほどつめたい口ぶりで付けくわえる。

「なにしろ、妾の子だからよ」

負けちゃだめだ、と思いながら、足から力が抜け、蹲ってしまう。頭のなかで雀蜂の唸るような音が広がっていった。全身がとめどなく震えたが、やはり涙は出てこない。恐怖でも哀しみでもなく、悔しさだけが軀じゅうを呑み込んでいった。

——あんた、妾の子だそうだな。

繁蔵の声が響いてくるようだった。やっぱりそうだ、あたしはそうなんだ、とことばにならない音が喉のあたりで渦を巻いている。

「なにも座りこむこたぁねえ」峰吉が妙にやさしげな声でささやいた。「ただおれに金を——」

「虫のいい兄《あに》さんだ」

耳なれぬ声が飛びこみ、つづいて峰吉がうわっという叫びをあげた。どこかで聞いたようなと思いながら面をあげると、今しがた耳の奥で響いた声の主が男の手首を取り、捩り上げている。大きな肩のうしろに、息を弾ませるお品の丸顔が垣間見えた。峰吉がきつく顔をしかめ、歯を剝き出して喚《わめ》く。

「痛《いて》えだろうが。なんだ、てめえは。どこの何様だ」

「そのひとの許婚《いいなずけ》だよ」

にこりともせずに繁蔵がいう。手に力を籠めたらしく、峰吉の顔が今いちどはっきりと歪んだ。苦し紛れに、ち、畜生と吐き捨てる。

「だったら教えてやる。こいつは、とんでもねえ女なんだ。なにしろ……」

言いおえるまえに繁蔵の拳が腹にめり込んだ。るいが立ち上がるのと入れ替わりに、呻きながら峰吉が膝をつく。繁蔵が声を張るようにして告げた。

「――おれも妾の子でな」

おぼえず洩らした驚きの声が、峰吉のそれと重なる。るいは、身動きすることも出来ぬまま、ただ立ちつくしていた。

ややあって、蹲っていた男がよろめきつつ腰を上げる。呆然とした面もちのまま、足を引きずるように歩きだした。肩をがくがくと傾《かし》がせながら、遠ざかってゆく。角を曲がるとき、こちらへ流した一瞥が、傷を負った狗《いぬ》のような不安と怯えに満ちていた。

「あの……」

どうにか声が出たのは、峰吉の姿が消え、百数えるほどの間が空いてからだった。繁蔵が巌《いわお》のような顔をばつ悪げにしかめる。

「この間はすまねえ」どこか痛みでもするように、胸のあたりをさすりながら続けた。「今いったことを知らせようと思ったんだが、あんたが震えだしちまったもんだから」

怖がらせて悪かった、といって頭を下げる。「商売人にもあるまじき言葉足らずと、よく親父に叱られるんだが……図星というほかねえ」

るいが慌ててこうべを振ると、それまで黙っていたお品が一歩進みでた。

「もう一度ふたりだけで話したいから、いい折があったらこっそり知らせてくれと言いつかりまして」

急いで繁蔵を呼びに行ったということなのだろう。あたしは向こうでお待ちしてますね、とささやいて踵《きびす》を返した。たっぷりした腰まわりにそぐわぬ素早い足どりで立ち去ってゆく。周りからにわかに喧騒が遠のき、乾いた日ざしだけが額のあたりにつよく感じられた。

そろそろと面をあげ、すこし逆光になった繁蔵の顔を見上げる。

「あの……」迷った末、おなじことばを繰りかえした。面映《おもはゆ》げに視線を逸らした男が、ひとりごとめかした口調でいう。

「本当だぜ。おっ母さん……本妻さんが嫌がるから、あんたと違って公にはしてないが」

「…………」

公にはしてない、といった男の声が、耳に突き立った。それを明かすには、繁蔵なりの逡巡もあったに違いない。なぜか、そのことがはっきりと伝わる気がした。男がおもむろに大きな瞳を向けてくる。

「妾の子どうしだから分かる」繁蔵はそのまま、ひとことずつ押しだすようにいった。「――な

ん と調子のいいことはいわねえ」

るいは、淡い光を透かすようにして男の面を差し覗く。がっしりと顎の張った口もとが、わずかにゆるむのが見えた。

「だが、ほかの奴らより少しはましだろうぜ」

どう返していいのか分からず、ただ頷いてみせることしかできなかった。繁蔵がかるく笑声を洩らし、帰ろうかとつぶやく。

ようやく、

「――ええ」

と応えたときには、男の厚い背中が一歩まえをあるきはじめていた。並んで手を取ってみたい心もちが胸の奥で起こったが、少し離れたまま爪先を踏みだす。慌てなくてもいい、このひとはきっと待っていてくれるのだと思った。

初出／小説新潮

帰ってきた　二〇二一年十月号
向こうがわ　二〇二二年一月号
死んでくれ　二〇二二年十一月号
さざなみ　二〇二二年七月号
錆 び 刀　二〇二三年一月号
幼なじみ　二〇二三年四月号
半　 分　二〇二三年七月号
妾 の 子　二〇二二年四月号

装画
歌川広重「名所江戸百景・両国花火」
東京国立博物館所蔵
ColBase（https://colbase.nich.go.jp/）の画像をもとに構成

夜《よ》露《つゆ》がたり

著　者　砂原《すなはら》浩《こう》太《た》朗《ろう》

発　行　二〇二四年二月一五日

発行者　佐藤隆信

発行所　株式会社新潮社
〒一六二―八七一一
東京都新宿区矢来町七一
電話　編集部〇三(三二六六)五四一一
　　　読者係〇三(三二六六)五一一一
https://www.shinchosha.co.jp

装　幀　新潮社装幀室

印刷所　大日本印刷株式会社

製本所　大口製本印刷株式会社

乱丁・落丁本は、ご面倒ですが小社読者係宛お送り下さい。
送料小社負担にてお取り替えいたします。
価格はカバーに表示してあります。

©Kotaro Sunahara 2024, Printed in Japan

ISBN978-4-10-355531-5 C0093